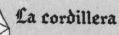

La cordillera

Tierras del Oeste

Las siete ciudades
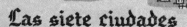

Río Verde

El Sur

La Costa Grande

El Alto

Ciudad
del Lago

Quinta de
la Primavera

La Costa Chica

El mar último

Las tierras conocidas

Matarratas

GRAN TRAVESÍA

Antonio Ortuño

Matarratas

GRANTRAVESÍA

MATARRATAS

© 2021, Antonio Ortuño

Diseño de portada: Roxana Deneb y Diego Álvarez
Fotografía de Antonio Ortuño: cortesía del autor

D.R. © 2021, Editorial Océano de México, S.A. de C.V.
Guillermo Barroso 17-5, Col. Industrial Las Armas
Tlalnepantla de Baz, 54080, Estado de México
www.oceano.mx
www.grantravesia.com

Primera edición: 2021

ISBN: 978-607-557-400-4

Para Nico y Julia

Hubo una edad no soñada, en la que brillantes reinos se esparcían por el mundo como mantos azules bajo las estrellas [...] con sus mujeres de cabellos oscuros y sus torres.

ROBERT E. HOWARD

No sólo en el este hay provincias, en las del oeste hay montañas, en las del norte hay nieve, en las del sur hay pantanos habitados por bárbaros capaces de matarte por una palabra y de dar la vida por un amigo.

ANGÉLICA GORODISCHER

Prólogo

Desde el fondo del armario, y a través de su puerta entreabierta, se dominaba la pequeña antecámara de piedra, gélida y sin ventanas. Era, aquel armario, un buen sitio para ocultarse de la vista. Tan habitual que nadie se fijaba en él, como sucede con las cosas que damos por sentadas. Y Agua estaba allí dentro, encogida entre las blandas pilas de ropa y los percheros cubiertos de capas y abrigos, sin que la tocara ni una esquirla de luz.

Era pequeña, flaca y quizá demasiado joven para haberse metido allí sin permiso. Temblaba como si fuera un gato empapado por la tormenta que rugía afuera de las paredes del caserón. Aunque, en contradicción con su nombre, Agua estaba seca. No llegó a asomarse a la lluvia, aunque solía divertirse de ese modo. Pero no esa vez: se había impuesto una misión y, empeñada en ella, se esforzaba por controlar sus nervios jugueteando con el mango de un cuchillo, rústico y bien afilado, que había hurtado de las cocinas. Lo hacía deslizarse entre sus dedos. Sin pausa, expectante.

Agua era poco más que una niña, pero no hacía nada sin un propósito claro detrás. Y vaya que lo tenía esta vez. Si él aparecía, pensó, aquella hoja torcida le serviría para herirlo.

O hasta matarlo, quizá. Porque no dejaría que volviera a golpear a su hermana. Nunca, no de nuevo. Su madre volvería a morirse si llegara a saber, allá en los prados de los dioses, donde residen los muertos, que Agua había permitido que la dañaran sin intentar, por lo menos, interponerse.

Su hermana se llamaba Cristal. También estaba en la habitación, de hecho, a unos cuantos pasos, pero no sabía que Agua se encontraba oculta allí, claro, ni tampoco que la custodiaba. Ambas laboraban en la casa del amo, porque, huérfanas, no les había quedado otra opción. Agua solía instalarse en las cocinas para oficiar de lavaplatos y recadera. Y Cristal, que era la mayor, y ya se había desarrollado completamente, se afanaba en las lavanderías.

En ese mismo instante, mientras su hermanita empuñaba el cuchillo, porque del corredor llegaba el sonido de unos pasos lentos y rotundos, Cristal doblaba mantas, camisas, calzones largos y capotes para el frío. Al terminar de ponerla decente, metería la ropa en el gran armario del amo. Y entonces, a toda prisa, correría a su propia habitación. No quería que el amo llegara antes de que lograra salir de la antecámara. La aterraba tenerlo cerca, de nuevo. Le provocaba un pavor asfixiante y le daba más miedo del que le hubiera infundido que le dijeran que El Que No Puede Ser Vencido, aquel mítico guerrero que destazaba a sus rivales y era imposible de contener, iba tras ella. Con ese cuento solían dormir las madres a los niños pequeños: "Cállate y a dormir, o vendrá El Que No Puede Ser Vencido". Pero Cristal temía al amo más que a la muerte misma. El suyo era un miedo que se alimentaba directamente de sus tripas y corazón.

Los pasos en el corredor no vacilaron. No pertenecían a la señora Nube, quien guiaba las labores de las criadas de la casa, ni a Ánade, el mayordomo, ni a cualquiera de los otros siervos, como el enorme Torreón, la suave Arena o el engreído de Clavo. Quien estaba por llegar era ni más ni menos que aquel al que más temían las hermanas, juntas sin que una de ellas lo supiera. Eran los pasos del amo Bastión.

Cristal se apresuró lo que pudo y, al final, incluso se precipitó a arrojar la ropa doblada al interior del armario (y, sin saberlo, a la cara de su hermana, perdida en la sombra). Pero cuando sus pies la llevaban fuera de la antecámara, al corredor principal, el camino le fue cerrado.

Bastión era un tipo sólido, ancho de espaldas, con la barba y el cabello blancos y la frente ocupada por un ceño siempre fruncido. Sus brazos venosos, su cuello de tronco de árbol y el pecho de roca eran los de un tipo que no iba a ser removido del paso por una jovencita muerta de miedo.

El viejo llevaba encima una capa gris, de fino pelaje, y, sin detenerse a saludar o decir una sola palabra, tomó a Cristal por los hombros, como un marido que condujera a su pequeña esposa al lecho. La chica tuvo que dar tres o cuatro pasos atrás por el empuje de aquellos brazos dignos de torcerle el pescuezo a un ganso. O a un hombre. Tampoco dijo nada: bajó la cabeza y comenzó a llorar.

No era la primera vez. Bastión le había echado el ojo desde que ella y su hermana entraron a su servicio, años atrás. Cristal fue la primera en crecer: Agua, pese a que ya tenía quince años, parecía pequeña para su edad. Una niña y no una damisela resplandeciente, como su hermana.

Si el viejo se hubiera limitado a tocarla o incluso a disponer que fuera su amante, Cristal, aun sin quererlo ni desearlo en lo absoluto, quizás hubiera llegado a soportar la situación, como antes que ella hicieron otras tantas sirvientas asaltadas o seducidas. Pero Bastión no era un tipo suave que intentara ganarse a las chicas con regalos o promesas. Las miraba como al ganado, o, quizás, en el mejor de los casos, como a los caballos finísimos que atesoraba en sus potreros. Y las aterraba tal y como uno de esos sabuesos pardos, con los que salía a cazar, aterraría a las presas más pequeñas: conejos, zorros, esa clase de bichos.

Agua, quien no perdía detalle de la escena, se puso en guardia, deslizándose entre los vestidos que la acogían. Una de tantas pilas de ropa colapsó, pero las prendas fueron a dar sobre otro altero más, que amortiguó su caída. La chica tomó el cuchillo tal como había visto hacerlo a los muchachos de los corrales cuando, embriagados hasta la temeridad, resolvían de noche las disputas pendientes del día: había que agarrar el mango al revés de como se emplearía para cortar un trozo de carne, recordó. La punta debía mirar hacia abajo. Así se tajaba. Un cuchillo no era una espada que fuera a blandirse, le dijo uno de los cocineros. No era arma de caballero. Debía usarse a traición. Y accedió a enseñarle su uso a cambio de besuquearla. Al menos fue amable y no quiso nada más, aunque la chica aún se sentía asqueada por el olor a grasa en la piel del tipo.

Agua veía, pero no quería ver, y comenzó a respirar por la boca. Bastión lamió el cuello de su hermana, quien se encogió sobre sí. Era un polluelo. Debía intervenir, le quedaba claro, pero necesitaba que el amo se diera la vuelta y ofreciera el blanco de su espalda. Y allí sabría dónde clavar el arma, al menos si el tipo de la cocina la había instruido apropiadamente.

Bastión había ultrajado y golpeado a Cristal más de una vez. La segunda ocasión le puso el ojo negro y le sumió una costilla, y la chica se había recobrado después de un mes de cama, llantos y sopas. Cuando la encontraron, se armó un escándalo en la casa, por supuesto, pero ella le dijo a la señora Nube que la culpa era de un caballo, que le había infligido una coz, y la señora la miró grave y tristemente. Seguro que sabía la verdad. Porque debió de haber otras antes. Y más golpes y más ataques.

Cuando Cristal volvió a los corredores y su labor, luego de la convalecencia, Bastión la ignoró como si nunca antes la hubiera visto flotar por ahí. Y ella pensó que quizá la tortura había terminado y podría recobrarse en paz. Ahorrar algo de dinero, del poco que ella y su hermana percibían por sus empeños, y mudarse a otra parte. Encontrar un trabajo menos terrible. Después de la guerra, había caído sobre la ciudad una miseria aguda como una infección, y quedaban pocos amos tan ricos como Bastión por allí, pero alguno habría. Algún tabernero, alguna dama necesitada de servidumbre.

Eso pensaba Cristal para encontrar consuelo y bajaba la mirada y envidiaba la soltura con la que los empleados de mayor rango en la casa, la señora Nube y el mayordomo, y los cuidadores de los caballos y los perros, andaban por ahí, chachareando, en sus propios asuntos, obedientes, pero sin ser aplastados por ello.

Pero Bastión no la había olvidado. Como si entendiera que la chica ya estaba quebrada, se le acercó un día, mientras ella recorría el corredor con un canasto de ropa limpia en los brazos, de camino a la antecámara que servía al amo como vestidor. El viejo salió de una estancia y cerró la puerta con una cadena. Algo valioso debería esconder allí, pensó la muchacha. Y, erizada como un cachorro, pasó a su lado con la cabeza gacha, queriendo hacerse una con el muro para salir de la vista. Pero Bastión, sin esfuerzo, la tomó de la cintura y la hizo girar. El canasto rodó por los suelos.

—Voy a morder tu carne y beber tu sangre —le dijo al oído—. Te comeré como a un venado y no volverán a saber de ti.

Cristal apenas tuvo fuerzas para escurrirse de su abrazo y correr, a ciegas, por el pasillo, hasta que se internó en el ala que acogía las cámaras de los siervos. No era capaz de parar su llanto. ¿Quién podía decir algo así? ¿Qué bestia negra y hostil le anuncia a otra su intención de engullirla?

Agua supo desde el principio que algo muy malo había pasado, porque Cristal dormía apenas por las noches, porque enflacó y dejó de ser la muchacha floreciente por la que suspiraban los palafreneros y mozos. Pareció secarse, igual que una planta a la que se le niegan el riego y el sol.

Comerte como a un venado, había dicho él. Y la hermanita, cuando lo supo, pensó que aquélla era una amenaza de golpearla hasta el fin, de ultrajarla otra vez, de usarla como a los perros, los caballos, los halcones. Pero Bastión no era un tipo dado a las metáforas. Y aquella noche Agua estaba metida en el armario, alistándose para intervenir, pero el amo siguió sin voltearse y no llegó a ofrecer la espalda a la cuchillada vengadora.

Bastión apretaba los hombros de Cristal, que se estremecía, al borde del desmayo. Y de pronto, aquel lobo demente le mordió la cara. Un mordisco con toda la fuerza de una quijada feroz. La sangre salió regada a todos lados, la boca del amo se volvió roja, y él no soltó la presa. Cristal bramaba, pero nadie acudió en su ayuda. Y cuando dobló las rodillas, el amo se inclinó con fuerza incalculable y volvió a morderla, esta vez en el cuello. Y, sin soltar a la muchacha, que gimoteaba

16

agotada, empujada a la locura, Bastión se la llevó a tirones de ahí. Un lobo. Un predador que arrastra la presa a su guarida para dar cuenta de ella en soledad.

Al fondo del armario, aterrada, con sus débiles manos tapándole la boca (al final prefirió no gritar, tuvo demasiado miedo de llamar la atención), Agua deliraba. El cuchillo se le había escurrido al suelo sin emitir un sonido, acolchado por la tela. Y ella no podía ponerse de pie.

Bastión se la había llevado. Cristal no volvería. La idea la golpeó y carcomió a la vez, y Agua no pudo hacer más que estremecerse y sollozar.

El amo era un asesino.

El amo era un Devorador.

1

A la hora indecisa en que la noche se disuelve en amanecer, dos hombres susurraban al amparo de las antorchas en el patio del caserón.

Unos pasos a su derecha, lejos de los círculos de luz que proyectaban las llamas, un grupo de caballos de crines bien peinadas, con vestiduras de nudo grueso y arreos de metal, se apretujaban en torno a un abrevadero de agua helada.

Los animales aguardaban el momento de salir a los caminos. De sus ijares brotaban los esperados chorros de vaho, pero ninguno relinchaba o se agitaba. Eran monturas finas, entrenadas para no dar inconvenientes a jinetes y cuidadores. Casi se diría que las entusiasmaba la perspectiva de ponerse en marcha.

La partida debía ser inminente, pues nadie en sus cabales sacaría un caballo de las cuadras con aquel clima atroz… A menos, claro, que lo moviera una urgencia inaplazable. Como la de salir de cacería, por ejemplo. Y si los amos querían perseguir conejos, zorros, astados o alimañas por los campos, a caballos y sirvientes no les quedaba más remedio que ponerse a disposición para que cumplieran sus deseos.

La mañana pintaba complicada para hombres y bestias, porque se sentía en la piel una gelidez exagerada y casi indigna del epílogo de un invierno que debería estallar en primavera apenas unas semanas más tarde. Pero era como si el frío se negara a irse, o el calor tuviera pereza de subir desde las selvas del sur.

Los dos tipos, de pie en el centro del patio, eran menos vigorosos que las cabalgaduras, desde luego, y mucho menos aptos que ellas para enfrentarse al cierzo que saltaba sobre los muros de roca del caserón y se columpiaba en las enredaderas que los tapizaban.

Ambos estaban ateridos y se cruzaban de brazos para mantener los dedos a salvo de las ráfagas, cuyos soplidos se les colaban por entre las rendijas de los guantes tejidos. Parecían pajaritos acurrucados en sus nidos bajo aquellas capas de vulgar pelaje de cerdo, toscas, oscuras y jaspeadas de gris.

Sólo ellos podían escuchar las palabras que salían de sus bocas, humeantes como exhalaciones de incienso; la ventisca se encargaba de silenciarlas para cualquiera que no se encontrara a su lado. Aunque lo más probable es que no se estuvieran diciendo grandes verdades ni soltándose confesiones tremendas, aquellos dos. Eran sirvientes, después de todo, y tenían demasiado trabajo en las espaldas como para dedicarse a las filosofías. ¿O no?

Difícil decirlo. Pues ¿quién sabe lo que bullirá en la mente de aquel que sirve? No los amos, desde luego, quienes suelen pensar que nada más que el trabajo debe anidar en las cabezas de quienes cuidan de sus monturas y las alistan para salir al camino, mientras ellos se desayunan en calma su pan mojado en vino y se atavían con las indumentarias, vituallas y armamentos necesarios para salir de cacería.

El hombre más alto y ancho de los dos que se encontraban en el patio, bajo la ventolera, tenía el rostro moreno picoteado por algún olvidado mal juvenil y mostraba una expresión inmutable de estatua. Miraba, de tanto en tanto, la oscuridad del arco por el que se entraba o salía del patio de las caballerizas, como si calculara la altura exacta del vértice o esperara que bajo él surgiera, en cualquier instante, alguien más. Si había tenido un nombre propio y familiar, hacía mucho que estaba olvidado, pero el amo lo llamaba Torreón y también así lo conocían los demás. Y le venía bien, porque era de verdad macizo y alto como una torre.

Su compañero, un tipo más joven, de piel paliducha y enrojecida por el aire helado, y con un poco de vello facial hirsuto, mantenía una expresión de ironía (o, más bien, resignación) en los labios, y soltaba risitas, aquí y allá, en mitad de sus frases inaudibles. A él lo llamaban Clavo y el mote no le quedaba mal, tampoco, pues era delgado y agudo, y, según las circunstancias, podía resultar bastante molesto.

Quizá se burlaba de sí mismo, Clavo, por encontrarse en aquel incómodo lugar y pésimo momento, o quizá trataba de convencer a su colega Torreón de que, sin que su situación dejara de ser desfavorable, era necesario reconocer que la vida podía ser capaz de colocarlos en incomodidades mucho peores y aquella espera en el amanecer helado, después de todo, no era tan mala como estar en el frente de una de esas horribles batallas contra los norteños de El Alto, ni tampoco haber caído al negro fondo del mar, que sólo llegaban a conocer los ahogados. Era un consuelo pobre el suyo, pero respetable, podría decirse.

Las rachas de nieve y granizo se habían prolongado por varios días y recubrieron la Ciudad del Lago con un espeso manto de lodo. Los pintores de la corte (cuando los hubo, en los tiempos de los reyes) solían representar la nieve como una sábana impoluta, pero en la realidad esa blanca belleza duraba apenas unos minutos, o quizás una hora, a lo sumo, antes de que la mezcla de tierra, basura y escarcha terminara por convertirse en fango. Nadie hubiera perdido su tiempo en pintar un paisaje lleno de barro; nadie hubiera pagado por verlo.

Al menos, pensaban aquellos hombres, el invierno y sus ventarrones ensuciaban las calles, pero no las hacían apestar. Carecían del tufo a podredumbre que impregnaba los aires luego de que llegaran las tormentas y calorones del verano.

Como para satisfacer las expectativas de Torreón, quien no dejaba de voltear sobre su hombro, perpetuamente al acecho de los demás, una figurita menuda asomó en aquel momento por el arco que comunicaba al fondo del patio.

Iba envuelta en la inevitable capa de piel, aunque la suya era de mejor calidad que las que recubrían los cuerpos de los otros; estaba confeccionada con pelo de toro, parecía en buen estado y la coronaba una caperuza orlada de pelaje animal que disimulaba el rostro del portador.

La charla de los hombres se detuvo mientras el personaje recién llegado cruzaba morosamente el lugar, en busca de altos en la piedra en los cuales apoyar la suela de las botas sin correr el riesgo de hundirse. Finalmente, con pies cuidadosos y gráciles, la figura alcanzó al dueto en la mitad del rectángulo del patio y se detuvo. Sin decir palabra, abrió la capa y estiró una mano enguantada que sostenía un pellejo en forma de bolsa y rematado por una boquilla.

—Les traje un poco de tinto: beban —declaró una voz femenina y decidida, que fue visible como un hongo de vapor saliendo de su boca.

Torreón se apresuró en arrebatarle el pellejo, lo acercó a sus labios y le dio un prudente sorbo a la boquilla. El tinto era una infusión hirviente que se elaboraba con los granos tostados y molidos de una planta a la que los campesinos llamaban "despertador", y que daba unas flores blancas, pequeñitas y muy características, en forma de pata de gallina, con las que se armaban coronas las muchachas en los almuerzos campestres. Las muchachas de buena familia, hay que precisar. Aunque, a veces, las sirvientas las ayudaran con ellas y terminaran luciéndolas en las sienes, si es que sus patronas se cansaban o se aburrían de llevarlas encima.

—Está amargo, pero gracias —dijo Torreón, con su ronca voz de gigante. Y de inmediato, solidario, le alcanzó el pellejo a su compañero. Clavo imitó la medida de beber con precaución. Sólo un pequeño buche de tinto, para no quemarse la lengua. Lo paladeó con delicia, o al menos eso mostró con su gesto de placer.

—A mí me parece muy bueno... para ser de estas tierras podridas —dijo, sin explicarse más.

Quizá la inyección de calor a su cuerpo le era preferible, a esa hora incómoda, que cualquier consideración sobre el sabor o la textura de la bebida.

La figura de voz femenina recuperó el pellejo de tinto, procedió a echarse atrás la caperuza, dejándola caer sobre sus hombros, y pegó un sorbo más aventurado que los de sus colegas. Quedó totalmente claro, en ese momento, que se trataba de una mujer.

La llamaban Arena porque venía del sur, de las playas junto al Último Mar (que, hasta donde todos sabían, era más bien el único mar...). Tenía rasgos severos, piel cetrina y ojos almendrados. No era una muchacha, pero tampoco una dama de edad. Podría haber sido la madre de alguien… o no. Su piel lisa parecía atestiguar una vida de privilegios, pero, salvo la fina capa, sus ropajes eran corrientes y ninguna clase de joya o cosmético o señal de abierta prosperidad eran visibles en ella.

—No puedo hacer milagros con este grano —comentó ella y se encogió de hombros—. Es lo que les gusta beber a los lagunos. O sea, una porquería.

Ninguno de los tres era oriundo de la Ciudad del Lago, hasta donde se sabía, así que todos asintieron y sonrieron con la broma, tal y como suelen hacer los sirvientes cuando se deciden a murmurar contra los superiores. Los esbirros no tienen más remedio que comportarse como tales, pues los patrones no suelen permitirles olvidarse de lo que son. Y mucho menos en aquella casa, propiedad del amo Bastión, uno de los hombres más adinerados que se pudieran encontrar por allí.

Lagunos, desde luego, no era el mote oficial de los habitantes de la urbe que fungía como capital de las tierras conocidas, cercanas y lejanas, desde las junglas del sur y los yermos del oeste, hasta las montañas de El Alto, el norte helado en el que se ocultaban los viejos reyes y sus partidarios huidos después de la derrota.

Justamente una rebelión de lagunos había obligado a la corte a escapar. Y, ahora, un consejo de lagunos notables gobernaba la ciudad y el resto de las tierras conocidas por sus habitantes.

Cedro era el nombre del último rey y Haya el de su reina. Y para enlistar a sus doce hijos, quince hermanos y cuarenta sobrinos habría que pasarse la noche revisando árboles genealógicos y charlando con cortesanos bien enterados, capaces de poner en claro las relaciones de sangre y poder entre unos y otros. Los príncipes, en su día, eran tantos que sólo un puñado de esos cortesanos sería capaz de reconocerlos a todos. Solían andar, aquellos principitos, de acá para allá en las tierras del rey y en las vecinas, junto con un apretado cortejo de soldados. Pero ahora se habían ido. Estarían allá, en El Alto, detrás de las montañas.

Y, de hecho, el amo de aquellos sirvientes y aquellos caballos del patio helado, bajo el lento amanecer, había ganado su poder combatiéndolos y desalojándolos del trono y sus palacios.

Bastión era de noble cuna y había sido amigo y confidente del rey Cedro, pero cuando la rebelión estalló en la ciudad, no dudó en ponerse en contra suya. Por las calles se decía que había sido su oro el que había permitido a los rebeldes armar sus repentinas milicias y tomar por sorpresa a los reyes; porque los Águilas, es decir, los sediciosos armados que echaron a la monarquía, habían aparecido sin aviso, y esas cosas no solían suceder de modo espontáneo, concluían las habladurías...

Lago. Había habido un lago allí, muchos años atrás, pero no debió ser demasiado grande, porque en su lugar sólo había quedado un lecho seco y plano, lleno de callejuelas alrevesadas y casas desiguales y atravesado por un mínimo río, reliquia de las aguas que alguna vez anegaron el lugar. El nombre de la Ciudad del Lago, paradójico en su sequía, era a la vez el mismo que el del país, pero la gente común no solía usarlo.

En otros tiempos, la Ciudad del Lago de la Luna fue capital del Reino del Lago de la Luna, pero cuando los reyes se fueron, la gente dejó de decir "el reino" y comenzó a hablar, simplemente, de "el país". Y el país, bajo el mando del consejo rector, no se conformó con las antiguas fronteras del reino, sino que se apoderó además de las junglas del sur, cuyos habitantes nunca estuvieron agrupados ni conocieron señor, y se hizo también con los páramos de los monjes del oeste, a quienes los reyes, en sus días, respetaron y hasta veneraron. Bien aceitados por toda clase de privilegios, los monjes se convirtieron, de hecho, en aliados del consejo, y dijeron a los cuatro vientos que los dioses aprobaban el exilio del rey. Y el país fue más lejos aún y trató, incluso, de ocupar El Alto, las montañas del norte y las tierras que se ocultaban tras ellas, pero el maldito frío venció a sus tropas y obligó a replegar la invasión.

Con "el maldito frío" la gente de Lago, en realidad, se refería al ejército de los reyes, que se ocultaba allá, en la cordillera y tras de ella, y que, evidentemente, no había dejado de existir. El consejo rector de la ciudad nunca quiso informar a las claras lo que había sucedido durante las cruentas batallas que se libraron en el intento de conquista, pero todos los lagunos tenían algún hijo, sobrino, amigo o vecino que marchó contra los exiliados y jamás volvió.

También se había perdido un millar largo de caballos en el curso de las derrotas, y ya eran pocos en el país quienes podían permitirse tener uno de esos animales. Ese detalle, por cierto, corroboraba la riqueza e importancia del amo Bastión, de sus familiares y de los amigos que lo visitaban en aquel caserón sacudido por los vientos. Porque sus cuadras seguían bien abastecidas de corceles y sabuesos, y de esbirros que cuidaban de los unos y los otros.

Pero en fin: los enojosos asuntos de la guerra y la historia del país y del reino serían, si acaso, dignos de tratarse en la sede del consejo rector o en los salones de mando de los lagunos más encumbrados, y no eran temas que los servidores abordaran habitualmente en el patio de las caballerizas, entre los muros rebosantes de hiedra y acariciados por la frágil luz de las antorchas.

El viento había amainado, el cielo comenzó a clarear, y el pellejo dio vueltas entre los sirvientes, llenándoles el gañote y el estómago de tinto, e inyectándoles la sangre con un poco de entusiasmo.

—Yo no entiendo quién sale de cacería así —se quejó Clavo.

Torreón se encogió de hombros e hizo con la boca un puchero de cómica incomprensión.

—Quizás eso no sea lo importante —deslizó.

Y cruzó una mirada con Arena, quien estaba ocupada dándole un sorbo al tinto y tardó en tomar la estafeta del chismorreo.

—Parece que el amo tiene un negocio que arreglar en la Quinta de La Primavera, en el bosque —acotó.

Torreón recibió el pellejo en la mano, pero lo entregó a Clavo sin darle su respectivo sorbo, con tal de seguir la historia.

—Dicen que teme por su vida, el amo, y por eso llamó a un guardaespaldas nuevo. Uno muy fuerte…

Ahora fue Clavo quien, sorprendido, levantó las cejas.

—¿Teme algo el amo? —preguntó.

Torreón y Arena eran empleados bastante más viejos que él. Antaño, habían trabajado para una nobleza más rancia que aquella a la que pertenecía Bastión, y sólo llegaron a la casa luego de la partida de los reyes y su cortejo. Eran sirvientes suaves, eficaces, sabios, y poseían una elegancia singular. Y, claro, dominaban el terreno de los rumores del hogar del amo mucho mejor que el joven Clavo. Lo aceptaban como colega, porque les quedaba claro que era fino, educado y cortés, y porque sostenía que no era laguno, pero estaban seguros de que aún le quedaba mucho por aprender…

27

—Todo mundo debería temer algo en este país —masculló Torreón, con firmeza.

—Hay muchos ambiciosos sueltos, estos días —lo apoyó Arena—. Y muchos tipos, en el consejo rector, envidian a Bastión. El amo posee una riqueza que, en medio de toda esta miseria...

Clavo iba a redargüir algo, pero Torreón se llevó el dedo enguantado a los labios para indicarle que se tragara sus consideraciones.

—Ya vienen los señores —avisó, irguiéndose en su larga estatura, luego de voltear sobre su hombro de nuevo, quizá por vigésima vez—. Que te baste saber que el amo se va de cacería. Lo del negocio... Bah... Ya te enterarás de qué se trata, tal vez...

Torreón estiró el cuello en dirección a un pasaje de piedra que provenía del interior del edificio principal, y por el que se escuchaban aproximarse unos recios pasos y animadas voces.

Los caballos bufaron y repararon sobre sus cascos para confirmar que sus jinetes se encontraban cerca. Porque, al contrario de lo que sucede con los hombres, que evitan lo más que pueden el contacto de quien los manda, los animales son seres amorosos, que lo procuran.

—Que la cacería transcurra con bien y nos encontremos al sol por el camino —oró en voz alta la siempre auspiciosa Arena, cubriéndose de vuelta con su caperuza.

Y se alejó del círculo de servidores, con pasitos cuidadosos, para tomar las riendas de unas monturas y separarlas del resto. Luego condujo a los caballos elegidos lejos del abrevadero, para facilitar la subida en ancas de los patrones.

Torreón le dio una palmada en el hombro a Clavo, a manera de despedida y deseo de buena suerte, y procedió a separar y alejar su propio grupo de corceles. Sus fuertes botas se hundían a cada paso en el lodo, pero él no se paraba ni por un momento. No flaqueaba ante las tormentas, las heladas o el peso enorme de la sumisión.

Al fin, la puerta del pasaje se abrió, y un grupo de hombres cubiertos con abrigos asomó al patio, encabezados por el corpulento y canoso Bastión, que llevaba una lanza con empuñadura de plata e incrustaciones de esmeralda perezosamente apoyada al hombro, como si fuera el dios sacado de una pintura. Las deidades siempre eran representadas así, en los muros y bóvedas de las casas de la Ciudad del Lago: armados y entrometidos en cacerías, batallas y ejecuciones; o desnudos y entregados a unos lujosos amoríos con toda clase de damas apetitosas.

Clavo no creía excesivamente en el poder de los dioses, porque se daba perfecta cuenta de que los amos les pagaban a los pintores para que los retrataran idénticos a ellos y que de esa manera, al mirarlos, los esbirros y sus familias consideraran natural el hecho de servirles y estar por debajo: si tu amo es igual a un dios, lo más probable es que jamás oses retirarle tu devoción y tu fe. Y, luego de suspirar cansinamente, el joven desanudó las riendas del último grupo de caballos, e, imitando a sus colegas, los llevó también a un espacio despejado, donde pudiera maniobrarse.

Aún no había luz de día en los aires y casi no era capaz de distinguir al amo de sus amigos, metidos todos debajo de los sólidos ropajes de invierno, pero saludó con una reverencia a todo aquel con el que se cruzó, para que ninguno se ofendiera, y extendió las riendas de las monturas al primero que estiró la mano para solicitárselas, que resultó ser Bastión en persona.

29

Clavo lo miró a los ojos con odio disimulado, pero el viejo y ceñudo amo se encontraba ocupado en saltar a su corcel sin llegar a encajarle la pica en el proceso, y ni siquiera volteó a mirar al servidor que lo socorría.

Y Clavo se vio libre de sus caballos en un santiamén. Escuchó los relinchos cerca de los oídos y sintió el acostumbrado temblorcillo que ocasionaban los cascos al golpear sobre el suelo. Se retiró hacia su derecha, porque no quería terminar recibiendo una coz. Qué mal olían los caballos, pensó. Aunque los cepillaran y lavaran todos los días, algo en ellos conservaba los efluvios de su alimento, su transpiración y su mierda.

Se dio cuenta, entonces, de que había retenido el pellejo de tinto en la mano y, antes de que la comitiva se alejara, lo levantó por los aires para que Arena lo viera y lo recuperara. Pero ella había montado su propio caballo, estaba metida en sus asuntos y se limitó a responderle con una seña que significaba que no tenía importancia y le parecía bien si el joven conservaba el pellejo para sí.

El muchacho le agradeció con una inclinación de cabeza. Vaya generosidad, pensó. Aunque fuera sierva, Arena se comportaba con la gentileza de una dama, se dijo, con admiración. Servir a los nobles ennoblece, pensó, y de inmediato se burló de sí mismo por discurrir semejante ingenuidad.

El tinto, sin duda, había reconfortado su cuerpo y espíritu, aunque tampoco es que tuviera motivos de agobio. Para empezar, él mismo no acompañaría la expedición, pues Bastión no consideró necesarios sus servicios a campo abierto y había preferido disponer que Clavo se quedara en la casa para ocuparse de que la jauría de sabuesos, que tampoco saldría a los caminos, recibiera a tiempo sus alimentos.

El amo había tenido compasión por los perros, al parecer, y la noche anterior anunció que saldría sin ellos, porque el clima estaba horrible y, total, la nieve alejaría de los campos a los animales más pequeños. El amo pensaba que un venado o un gato de montaña podrían ser perseguidos así nada más, a caballo y sin ayuda de los canes entrenados. Clavo no estaba de acuerdo, pero dado que su trabajo principal consistía en cuidar y ocuparse de los sabuesos, no tuvo objeción ante la idea de dejarlos a buen resguardo (y quedarse con ellos).

Esperó a que el grupo de cazadores y sirvientes, montados éstos, lógicamente, en los corceles menos vistosos y más decrépitos de la tropa, se perdiera bajo la arcada principal y emergiera de la breve oscuridad del pasillo a la vereda que comunicaba el caserón con el camino principal, que debía estar a unos quinientos pasos.

Más allá de esa vía comenzaba la llanura y otro par de leguas al sur, el terreno caía y se cerraba la espesura del bosque. Allá se dirigían los batidores, y el sol, cuando decidiera manifestarse en el firmamento, los encontraría a punto de internarse por las arboledas, calculó Clavo, frotándose los hombros con las manos enguantadas para que la sangre le circulara mejor.

Una vez que la comitiva desapareció del horizonte, Clavo se largó del patio y caminó por el pasillo de piedra que llevaba a las perreras. Pasó de largo ante ellas, ignorando la ladradera general, y sintió la desaprobación de los canes, encaramados en las tablas de la valla que impedía que escaparan de sus cubiles. Los perros lo llamaban y Clavo imaginó que le lanzaban insultos y le decían de todo, porque los amos se habían ido sin ellos y, por si fuera insuficiente esa humillación, tenían hambre y sus cuencos estaban vacíos. "Maldito mono", le escupían los perros, en su imaginación. "Esclavo." "Culebra." "Danos de comer."

Tendrían que estarme agradecidos, en vez de quejarse porque no los llevaron. Les ahorré el hielo bajo las uñas, les ahorré la mordida de una rata o un zorro rabioso, se replicó mentalmente. Solía ser amoroso y vigilante con los sabuesos que le habían sido encomendados y no le agradaba la idea de tener que rematar a alguno si es que regresaba herido, golpeado, o aplastado por las patas de los caballos, o medio abierto del costado y con las tripas de fuera debido a los rigores de la lucha. Aquellos horrores eran más comunes de lo que pensaría alguien que se limitara a informarse por aquellas populares estampas de caza que mostraban a los perros animados y contentos, y a los caballos ágiles y concentrados.

Todo era falso, desde luego. Los sabuesos parecían diablos ciegos que perseguían hasta el infierno a sus presas, y eran capaces de saltar a las fauces de un jabalí o al hielo de un río si eso los acercaba al sagrado momento de la captura. Y no era infrecuente que alguno se hiriera gravemente y debiera ser sacrificado por propasarse en la vehemencia con que afrontaba sus batallas.

A ver si no prefieren un plato de comida y roncar sobre sus jergones cuando vuelva a llover, pensó Clavo, deslizándose al establo en el que los trabajadores de las cocinas le tendrían lista la olla con el alimento designado para que lo comiera la decena de perros a su cargo.

No había nadie allí, salvo la olla, que humeaba con su contenido de arroz, tripas y pellejos aún bullente en el interior, y el muchacho vio con satisfacción que los compañeros de la cocina la habían montado ya sobre la plataforma con

32

ruedas de madera en la que debía transportarla rumbo a las perreras. *Así me ahorran la quemadura en las manos*, agradeció mentalmente. El mango de un larguísimo cucharón renegrido sobresalía por la orilla del puchero. Tener bien nutridas a las bestias requería una gran cantidad de alimento, pero había que administrarlo con sabiduría. Un sabueso gordo no servía de nada: terminaría colapsado en la carrera o empalado por el cuerno de un venado, de puro torpe y lento.

Volvió sobre sus pasos, empujando la plataforma con ruedas, que crujía y amenazaba con voltearse y volcar también la olla al suelo (lo que habría sido una tragedia, pensó, al imaginarse recibiendo los reclamos de la encargada de la limpieza y del cocinero) y, al fin, logró llegar sin pérdida a su destino. Los perros habían olido la comida y sus aullidos y ululares formaban un coro.

Abrió las puertas sin temor a escapatorias y los sabuesos saltaron al pasillo. Ninguno se alejaría estando la comida allí, al alcance de sus hocicos. Uno a uno, Clavo llenó los viejos cuencos de madera en que los perros almorzaban. Ellos se agitaban y no dejaban de bufar y de encaramársele en las piernas o de hocicar la base de la plataforma, pero respetaban la comida ajena. Cada cual contaba con un cuenco propio y habían sido entrenados para dejar en paz a los demás con su alimento.

Una vez servido el desayuno, que los sabuesos devoraron en pocos instantes, Clavo se aplicó en llevarlos a dar la vuelta al patio, para que ensuciaran allí y la limpieza de sus cubiles resultara una tarea menos nauseabunda. Él no era el encargado de realizarla, pero la chica que se ocupaba de ello le simpatizaba, mientras que el patio principal solía estar tan lleno de mierda de caballo que la de los perros, a su lado, era casi invisible. Jamás había recibido protestas del equipo de afanadores por llevarlos a defecar allí.

Se apresuró a devolver a los sabuesos a su morada y, aunque cerró con una traba la puerta de acceso exterior, no los encerró en las jaulas. Era mejor que anduvieran sueltos en la estancia que albergaba los cubiles, decidió. La reclusión estricta los ponía demasiado ansiosos. Ya tendrían oportunidad de asomar a los campos si el clima mejoraba al día siguiente, ya fuera que los amos volvieran antes de lo previsto o no... Porque el "negocio" indeterminado de Bastión podría durar días, al parecer, y las provisiones de su comitiva no eran para pasar fuera una simple tarde.

En fin: mejor si no volvían de inmediato. Clavo prefería andar solo con los diez, y pasearse con ellos por los prados. Los canes, cuando no se les azuzaba a perseguir bichos salvajes, eran como niños que daban vueltas y más vueltas y se trenzaban en juegos eternos y azarosos. Daba gusto verlos correr.

El primer gemido llenó los aires en ese momento y lo tomó completamente por sorpresa. Un escalofrío le atravesó la espalda. Había avanzado sólo unos pasos desde la perrera, hundido en sus pensamientos, y estaba por alcanzar el corredor que lo llevaría hacia las caballerizas (y, a través de él, a la cocina en la que su propio desayuno estaría esperándolo, extremo que ansiaba) cuando lo oyó. ¿Se le habría quedado fuera algún perro? Ésa fue su primera idea, pero el ruido que le taladró el oído no se parecía en lo absoluto al reclamo de un sabueso. Era un llanto, se dijo, un llanto humano. Porque el viento tampoco era capaz de sonar así.

Escuchó el segundo gemido y supo que llegaba desde las caballerizas, ahora vacías, porque sus ocupantes andarían corriendo detrás de un astado o alguna comadreja infortunada.

Clavo se precipitó al lugar, y sus pasos apenas resonaron en la paja con que recubría los suelos para que los caballos no se lastimaran al caminar.

Era una muchacha joven la que gimoteaba. Tendría unas quince primaveras, quizá, si había que hacer caso a su nariz infantil y a las pequeñas manos con que se tapaba los ojos. Iba vestida como una sirvienta, con faldas largas y un blusón de lana desteñido y moteado por manchas de lodo, pues nadie podía atravesar aquellos pagos sin embarrarse bajo ese clima espantoso.

Estaba sentada en uno de los bancos de madera que los trabajadores solían usar para apoyarse a revisar los cascos y las herraduras de los caballos: a veces se veía a las monturas cojear por alguna piedrecita afilada e inoportuna y era menester extraerla y evitar que la pata se les infectara o, peor aún, que un corcel incómodo o adolorido acabara por echar por los suelos a su jinete.

Clavo quiso preguntarle a la muchacha qué le sucedía, aunque no logró encontrar la frase adecuada para dirigirse a ella en un primer momento. ¿Qué tal si había sido ultrajada y abandonada allí? ¿O si había sido burlada por alguien y le sustrajeron alguna pertenencia del amo o sus invitados? No encontraría consuelo en las palabras de otro sirviente, a decir verdad, pensó Clavo, por mejor dispuesto que estuviera a socorrerla: Bastión era un hombre colérico y solía mostrarse implacable con las pifias de quienes le servían.

Pero el asunto estaba destinado a superar sus peores especulaciones.

—Mató a mi hermana... —dijo en ese momento, entre lloriqueos, la muchacha—. Primero la tomó y luego la mordió. Se la llevó. Ya no está... Yo lo vi. Mi hermana no volvió a nuestro aposento. La mató. La había amenazado y... él... la mató... Y comió su carne. ¡Su carne! ¡Yo lo vi! ¡Se lo había dicho! ¡Que la comería como a un venado, como...!

Un amargo llanto se llevó el resto de la frase.

Antes de detenerse a pensar en lo vacío de su gesto, un desorbitado Clavo le extendió el pellejo de tinto y la chica, sin dejar de sacudirse por los sollozos, lo aceptó, se llevó la boquilla a los labios y succionó el líquido. *Quizás el tinto le devuelva el alma al cuerpo*, pensó el muchacho. Y se dio cuenta de que el frío había aumentado en aquellas caballerizas desiertas y a él se le habían erizado los vellos de los brazos y el cuello como pequeñas espinas.

—¿Quién hizo eso? —preguntó, al fin, cuando la chica dejó de beber.

Tras regresarle el pellejo, ella bajó la cabeza hasta sumir la barbilla en el pecho y dejó caer las manos, rendida de agotamiento.

A Clavo nadie lo había entrenado para ofrecer consuelo o decir palabras dulces a quien sufriera, y tampoco se atrevía a abrazar a una desconocida. ¿Qué hubiera dicho su madre de algo así? "Nunca toques a una mujer", le repitió un millón de ocasiones, cuando era pequeño y trataban de educarlo para lo que se suponía que fuera un futuro brillante, que no llegó a cuajar.

Y qué diría su madre de cualquier cosa que se refiriera a él, si su familia lo había expulsado y maldecido y lo había dejado de contar como uno de los suyos, y él, con esos confusos planes que surgen en mitad de los hundimientos, terminó allí, sirviente de un amo al que detestaba y que, en ocasiones, lo miraba fijamente, como si quisiera reconocer en el cuidador de sus perros a un enemigo al que asesinar.

—Fue el amo de estos caballos —confesó la chica.

—Y de todos nosotros —respondió el joven, suspirando. El maldito Bastión. Había oído algún rumor, desde luego. Voces que balbuceaban horrores. Que el amo profanaba a las chicas jóvenes, decían, que las llevaba a rincones oscuros y nadie se atrevía a defenderlas. Pero nunca antes le habían dicho que quisiera comerse a una.

Por supuesto que Clavo había oído hablar de los Devoradores. Decían que eran los fieles de un culto secreto, el del dios Negro-Negro, al que ningún templo en la ciudad le estaba dedicado y cuyos sacerdotes fueron ejecutados cientos de años atrás. Y decían otros que, en realidad, se trataba de ricos descreídos y ociosos a quienes excitaba golpear chicas y aterrarlas al extremo y que las comían como una suerte de posesión última.

La cabeza de Clavo se precipitó a un abismo de dudas, mientras su estómago daba vueltas gracias a una mezcla improbable de rabia y temor. Y tuvo que reconocer que odiaba al amo de un modo tal que ninguno de los demás sirvientes, ni siquiera los que habían sido peor tratados, podría igualar. Su odio era profundo y lo había llevado allí con tal de estar cerca de él. Entrevió que quizás era el momento de derribar al amo. Y aquella chica podría ser la llave para lograrlo.

Sólo que había un problema enorme que superar. Bastión era demasiado poderoso para actuar en solitario contra él con alguna posibilidad de éxito. Se necesitaba a alguien más, y ese alguien no iba a aparecer entre la servidumbre aterrada de la casa. ¿Recurrir a los Águilas serviría? ¿O presentarse directamente ante el consejo rector de la ciudad? ¿Ante quién podría denunciarse a Bastión, que fue confidente del rey, pero no había dudado en ponerse del lado de sus enemigos para sacar partido de su traición, y tenía oro como para llenarle la boca, los bolsillos y el alma a cualquiera? El consejo lo protegería, fuera de toda duda, pensó Clavo. Y se resistió a pegarle otro sorbo al pellejo de tinto, porque ya nada podría quitarle el frío que sentía en el pecho y las manos.

Pero entonces recordó que, tal y como había dicho Arena, apenas un rato antes, un tipo tan boyante y poderoso como Bastión no podía contar solamente con incondicionales en el consejo rector, en especial porque, durante años, fue parte de la corte de los reyes, y no había dejado de vivir exactamente igual que siempre hizo bajo su mando: con sus caballos y sus sabuesos y sus negocios y su poder.

Alguien querría sacarle los ojos a Bastión, pensó Clavo, aunque sea para quedarse con la casa y los animales, las joyas y los sirvientes. Y miró detenidamente a la chica, que seguía sentada allí, perdida en sus lágrimas. Y se le ocurrió una idea.

Los consejeros eran los únicos con las suficientes armas y mando en la ciudad. Y seguro sabrían que arruinar a un tipo como Bastión los llenaría de oro. ¿Y qué mejor que hacerlo con un motivo como aquél? ¿Acaso las multitudes no se estremecerían, si es que llegaban a oír que el amo era un maldito Devorador que había engullido a una pobre muchacha del servicio ante los ojos de su hermanita? Sí, pensó Clavo. Los consejeros podrían encontrar el modo.

Y entonces pensó también que, a menos que su ocurrencia resultara un éxito, involucrarse en aquello podría costarle la vida. Pero la idea se esfumó de su cabeza. Porque para todo efecto práctico, ya había perdido todo cuando fue echado de la familia.

Al menos podré extender mi desgracia a los que odio, pensó.

II

El hombre estaba más muerto que vivo cuando volvió a ser alcanzado. Sangraba por nariz y boca, gracias a la patada que había recibido cincuenta pasos atrás, en el punto en que comenzó su asustada carrera, y sangraba también por los diez o doce pinchazos que le provocaron los estoques blandidos con ambas manos por su atacante. Sus resoplidos eran nubes de vaho que infamaban la noche.

Lo sorprendieron en la calle de las tabernas. Meaba tranquilamente, el hombre, medio oculto entre los barriles en que los hosteleros retacaban la basura para que se pudriera fuera de sus cocinas. Ni siquiera notó llegar al agresor antes de sentir los piquetes encajándose en sus costillas. Cuando quiso defenderse, manoteando para desenvainar el cuchillo que llevaba al cinto, el hombre tropezó y cayó de rodillas a la nieve de la calle ensuciada por el fango.

Recibió la patada como recompensa a su torpe reacción. Alarmado por los restos de su instinto de supervivencia, y con la borrachera medio desvanecida por el pánico, el sujeto terminó levantándose como pudo y, a pesar de su corpulencia, más que notable, corrió como lo hubiera hecho un pollo herido, en zigzag. Rebotó contra los muros exteriores de varias casas, a un lado y otro de la vía y, agotado por el esfuerzo, unos pasos adelante, se derrumbó junto a un viejo carro de madera con las ruedas carcomidas por la polilla.

Era noche cerrada y, salvo las risas que llegaban desde las tabernas, no se escuchaba un ruido. El hombre tragó saliva y quiso ponerse en pie una vez más. Jaló otra vez el cuchillo que colgaba de su cinto, pero la debilidad o la mala suerte no quisieron que fuera capaz de sacarlo de la funda.

Más ligera que la de un gato, la sombra de su agresor apareció a su lado. Sin mayores trámites, la silueta oscura le clavó el estoque izquierdo en la garganta y el hombre dejó de resistirse. Cayó fatigosamente, las pupilas se le hicieron acuosas y ya no supo respirar. Todavía recibió otro par de golpes en el pecho, para liquidar a fondo cualquier posibilidad de supervivencia.

Una vez cometido el crimen, el asesino se detuvo, triunfante, y fue tocado, de pronto, por la luz de la luna. Nadie podía ver aquella escena, pero, de haber podido, lo habría reconocido enseguida. Se trataba de una de las pequeñas celebridades de la Ciudad del Lago, aunque no era natural de la misma. Era una fuereña, habría que precisar, porque se trataba de una mujer.

Matarratas, la llamaban. Era el suyo un apodo popular, aunque poco realista. La chica nunca se dedicó a exterminar roedores, desde luego, ni antes ni después de recibir el mote. Le decían así los otros sicarios de la Ciudad del Lago para burlarse de su poca estatura, de lo flaca que estaba cuando llegó y, ya en ésas, de su piel, un tanto más morena que la del común de los locales. Matarratas significaba para ellos algo así como decirle Pelagatos, Pocacosa, Pobrediabla.

Pero Matarratas no les hacía el menor caso a los demás asesinos, desde luego. La mayoría ya ni siquiera vivía por allí:

habían dejado el negocio cuando los reyes se fueron, y aparecieron el consejo rector y los suyos y la pobreza se extendió, y menos ciudadanos pudieron pagar por sus servicios. Algunos se fueron siguiendo a las tropas del monarca y ahora habitarían en El Alto, al otro lado de la cordillera... si es que habían conseguido sobrevivir a la invasión, claro está.

Aunque no se pareciera a las adornadas damiselas que embelesaban a los caballeros del Lago, Matarratas se sentía muy bonita. Y aunque era pobre como un muerto cuando comenzó a trabajar en la ciudad, nunca quiso alquilarse como prostituta. Desde que llegó del sur, luego de meses de viajar como polizón o sirvienta de las caravanas de comerciantes que traían incienso, animales exóticos y tejidos inusuales, supo que la vida de esquinas y golpes, de consumidores malolientes y patrones sebosos de las mujeres de la calle, no era para ella.

Después de su arribo, y ya que los comerciantes que le habían dado empleo y alimento empacaron sus bultos para volverse al sur, la pequeña Matarratas se adhirió a una de las bandas de muchachos piojosos que deambulaban por los mercados de Lago, ofreciéndose para hacer recados, cargar las bolsas de los compradores demasiado cansados y perezosos o que, si nada de aquello resultaba, estaban siempre listos para robar comida y alguna bolsa de monedas.

Aprendió a ser implacable desde el primer día en que fue tomada como aprendiz por Panal, un viejo sicario que perdió el uso de una mano y un ojo y buscaba ayuda para no fenecer de hambre sin luchar antes todavía un poco más. En la Ciudad del Lago y en la vida, todo se trataba de matar o morir, de sacar la cabeza del agua o ahogarse, le repitió hasta el hartazgo Panal. Ésa fue la lección primordial. Había que aprovechar cualquier opción que se presentara, atacarla como una sanguijuela y no dejarse ni una monedita de oro en el bolsillo de otro si había posibilidad de echársela al propio.

Por eso, porque honraba las enseñanzas de su difunto mentor, Matarratas se acuclilló a revisar la mano del cadáver y le sacó del dedo anular una sortija de oro con la imagen de un venado grabada, en un remate que quizá le hubiera servido como sello. Era un anillo pequeño y mugroso, descubrió al deslizarlo de la mano de su propietario. Y le darían poco por él en la calle de los joyeros, pensó. Quizá sería mejor quedárselo para su cliente, como la prueba de su muerte que necesitaba entregar. La víctima jamás se dejaría quitar la sortija sin ofrecer resistencia mientras estuviera viva, le dijeron, porque era el emblema de su familia y una herencia honrosa, de primogénito. Sería una prueba perfecta. Y, desde luego, llevar encima aquel pequeño aro costaría menos que meter en una bolsa su cabeza y transportarla por media ciudad... Porque a veces había que hacer esas cosas. Así era el trabajo.

Matarratas se echó la sortija al bolsillo y esperó unos instantes agazapada junto al carruaje a medio pudrir, mientras se aseguraba de que no hubiera testigos del ajusticiamiento. Guardó un par de minutos de silencio y luego otros más, oteando los alrededores a la vez que limpiaba sus estoques en la capa del caído. Un gato saltó de un muro a la calle y fragmentos de alguna canción tabernaria se oyeron por los aires, antes de que el viento cambiara de dirección y el sonido se perdiera. Pero nada más. Nadie había visto lo sucedido. No habría informantes incómodos que amenazar o silenciar. Eso la alivió.

La chica cubrió el cuerpo con las vestiduras que llevaba encima, para que algún hipotético paseante distraído (y aquélla sería una hora en que solamente los borrachos menos escrupulosos atinarían a pasar por allí) pensara que se trataba de un ebrio, dormitando en el frío de la noche, y se siguiera de largo. Todo lo que le brindára tiempo suficiente para alejarse del lugar le sería útil.

Matarratas era muy autocrítica y no estaba satisfecha con su proceder. El trabajo le había llevado más tiempo del conveniente, pensó, porque la ciudad llevaba meses y meses demasiado revuelta y era difícil encontrar una hora y lugar apropiados para la indispensable discreción que un asesinato requería. La chica llevaba dos noches de seguir a su blanco a través de las tabernas.

Se trataba de un norteño, la víctima, llegado del linde mismo de la cordillera. Su piel era pálida y su pelaje, castaño. Tenía una curiosa papada de bebé bajo el mentón y lucía una barriga casi fuera de lo común, aunque no era específicamente gordo. Más bien había tenido una vida demasiado desahogada, pensó la chica, con cierto rencor.

Su cliente, un muchachito serio y tembloroso, lo había identificado fuera de toda duda y se lo había señalado ante la puerta de un caserón, calle abajo, un par de días antes del desenlace. Ese tipo, le dijo, era un riquillo del campo y había contraído una deuda muy grave en su pueblo, pues deshonró a una mujer contra su voluntad y luego, cuando la comunidad se encrespó y comenzó a organizarse para ajusticiarlo, subió a un caballo y huyó de allí.

Pero la mujer afrentada no quiso quedarse con la rabia para sí y, luego de recobrarse de los golpes y los primeros embates del dolor, la desesperación y la pena, envió a su hermano menor a buscar al culpable. Le dio todas sus pertenencias valiosas, su collar y sus aretes de oro y veinte monedas de plata, para que encontrara al violador y contratara, luego, a alguien que pudiera ejecutarlo. Y era fama que en la Ciudad del Lago podía comprarse la muerte si uno era capaz de pagar por el trabajo.

El muchachito resultó ser bastante avispado para su edad. Dio con el culpable apenas unos días después de llegar a la capital. Y, luego de seguirlo y descubrir en dónde pasaba las noches, decidió que era hora de pasar a la segunda parte del plan.

Pidió ayuda a los sacerdotes del templo de Rojo-Azul, dios de la venganza. Uno de los de más alta graduación entre ellos, un viejo que se hacía llamar Azar, le pidió como ofrenda el collar y los aretes de su hermana, y, una vez que los tuvo en la mano, mandó llamar a Matarratas, su experta de cabecera para esos asuntos.

—Hija mía —le dijo a la asesina, cuando asomó por el templo al que se le había convocado—, aquí tengo un fiel que necesita una mano que lo ayude a cumplir la promesa hecha a Rojo-Azul, mi amo y el más amado para nosotros entre los grandes dioses. Él te contará su problema y te dará una buena paga, además —prometió.

El muchacho, por su parte, miraba al suelo; sus brazos estaban caídos y como muertos. Los fieles de Rojo-Azul no solían comer ni dormir hasta que sus venganzas eran consumadas. Azar le acarició el cabello al joven con una mano, mientras con la otra se frotaba las puntas de los dedos entre sí, para reforzar ante la asesina la idea del pago por venir.

El contrato no sonaba mal, así que Matarratas escuchó la historia del jovencito y lo acompañó a peregrinar por las tascas y las calles, hasta que dieron con el prófugo.

Estaba tranquilamente sentado junto a un árbol, el tipo, fumándose una pipa al lado de la puerta de la casa abandonada de un viejo terrateniente. No sabía, desde luego, que un muy mal destino se le aproximaba, encarnado en la asesina más discreta de la ciudad. Y aunque quizá por eso, por la bendita ignorancia, disfrutaba de su pipa con tal fervor; su condena había comenzado a tramarse desde el instante en que un pariente suyo, allá en el pueblo, confesó el nuevo paradero del violador, luego de que los vecinos lo golpearan con marros, le arrancaran las uñas, lo encerraran en el barril con los restos de un cerdo y lo echaran a rodar en él colina abajo. Y, ahora, los estoques de Matarratas habían sido elegidos como el modo en que el sino terminaría con la existencia de aquel pobre diablo.

—Mi hermana quería consagrarse a los dioses, a Dorada-Blanca, la madre de los amaneceres, pero ahora tendrá que olvidar eso y casarse —dijo el muchacho, con tristeza.

Matarratas asintió. Así eran las reglas del juego. Los dioses podían llenar sus existencias inmortales de lujuria y placeres de toda clase, pero sus siervos debían ser inmaculados o, al menos, capaces de fingirse así ante los demás. Y una deshonra pública lo impedía de manera tajante, por supuesto.

Ése era uno de los muchos motivos por los que Matarratas no les rendía tributo a las deidades, ni siquiera a Amarilla-Verde, la señora de las junglas del sur, a la que veneraban en su tierra. En la soledad de su casa, Matarratas encendía una veladora, algunas noches, pero sólo en honor a sus ancestros, su madre y padre, su abuela, su tío, caídos todos en las reyertas de esas tierras feroces. Y recordaba sus nombres y los enlistaba en la memoria y les pedía que le reservaran un lugar entre ellos, allá en los prados celestiales, el día que muriera. Para los dioses (que no ayudaron jamás a los de su sangre y los dejaron morir o ser esclavizados, y que la vieron partir por hambre del sur sin mandar un milagro que lo impidiera), sólo tenía indiferencia.

El primer impulso de Matarratas, luego de conocerle el rostro al hombre que iba a matar, fue despachar al muchacho de vuelta a su pueblo.

—Los sacerdotes te informarán del resultado —le dijo—. Deja tu pago con ellos y luego pídeles la prueba de muerte.

Pero el chico se negó, abriendo mucho los ojos.

—No puedo volver sin la prueba —arguyó—. No como ni duermo ni encuentro paz, porque el malvado respira aún. Mi hermana quiere que no repose hasta que el juramento a Rojo-Azul se complete.

Este niño bobo hace mal en temerle más a su hermana que a mí, pensó Matarratas, pero en el fondo le daba lo mismo si el cliente prefería aguardar en Lago a que la cosa terminara.

—Espera, entonces, y en dos días, por la mañana, ve a buscar tu prueba de muerte al templo menor. Azar la tendrá.

Matarratas se reservó la noche siguiente para actuar. Siguió al prófugo con discreción a través de las cantinas y aguardó a que se produjera el momento adecuado. No le gustaba beber antes de un trabajo, y sólo pidió vasos de agua en todas partes, aunque pagándola a precio de cerveza. A los taberneros no les divertía nada que los hicieran trabajar a cambio de nada, y más de alguno se pondría a pensar en sacarse algún dinero por alertar a su presa si no recibía antes un poco de oro. Mejor comprarlos. En Lago, la vida era una cadena infinita de sobornos.

Cuando, ya en el último local de la calle, y justo antes del cruce en que terminaba la zona de las tabernas, el tipo salió al aire de la noche para mear, la chica supo que la oportunidad estaba esperándola. Debía matar sin ser vista, para no tener que vérselas luego con delaciones o reclamaciones o ser objeto de hipotéticas venganzas. Así la habían entrenado. Sabía que actuar en medio de la gente ofrecía más riesgos que recompensas. Mucho mejor operar en la intimidad del descampado.

Se acercó al blanco en silencio. Luego pensó que la mujer que mandó matar al tipo aquel querría que sufriera un poco antes de irse. O mucho. Así que, primero, hizo ruido con los estoques, entrechocándolos, para asustarlo. El sujeto reaccionó dando un aparatoso brinco y mojándose de orina las manos y el pantalón. Y mientras trataba de abotonarse la braguita, Matarratas le asestó los primeros piquetes, precisa como avispa.

El hombre cayó de rodillas y ella lo pateó en la cara para ver cómo se le aplastaba la nariz contra la boca. Quizá se la rompió, porque el tipo arrojó sangre como un ave degollada. Lo dejó levantarse antes de darle tres pares de pinchazos más, en brazos y abdomen, y luego le permitió correr, porque se dio cuenta de que enfilaría al lado oscuro de la calle en vez de intentar volver sobre sus pasos, hacia la luz de las tabernas. En ese caso, lo habría matado allí mismo, para impedir que nadie llegara a entrometerse.

Alcanzó, pues, al fugitivo, unos pasos después, y lo liquidó eficaz y salvajemente. Se ganó así sus monedas y le dio aquella satisfacción de la venganza a un dios que no le importaba y a una mujer a la que no conocía, pero que se había tomado la molestia de mandarle su poca riqueza por ello. Eso sí que lo reconocía. Apreciaba a sus clientes con absoluta sinceridad. No juzgaba a quien decidiera pagar por un asesinato; solamente le agradecía que la eligiera a ella para verlo consumado.

Un trabajo sencillo, pensó, uno de los que hubiera querido que se presentaran a docenas en su puerta. Tan simple que pudo realizarlo pese a sentirse en baja forma. Pero debía estar atenta y mejorar su desempeño, pensó. Ablandarse, en su negocio, equivalía a comenzar a morir. Matarratas conservaba en el cuerpo las huellas de sus dificultades laborales: cicatrices de las espadas, los cuchillos, las uñas o los dientes con los que intentaron repeler sus ataques.

A primera hora del día le entregaría el anillo del muerto a Azar, cobraría su dinero y todo sería tan rápido que podría estarse desayunando en el mercado de los pescadores antes de la salida del sol, decidió.

Desde que había dejado de ser una niña, tiempo atrás, Matarratas era incapaz de quedarse en la cama luego de abrir los ojos. Sentía una necesidad perpetua de salir y pasearse por las plazas, explanadas y locales del centro, para ser vista, para dar paso a las murmuraciones y recibir tantas ofertas de trabajo como se pudiera. Las vidas de los asesinos pueden ser muy movidas cuando sobra el empleo, pero en los días en que no caen propuestas, también resultan lentas, sórdidas y deprimentes. Y Matarratas ya llevaba algún tiempo sola, los días libres le restregaban el aislamiento en la cara y la sensación no terminaba de agradarle. Mucho mejor estar ocupada, pensaba.

Cuando volvía a su alojamiento, justo antes de la medianoche, supo que la seguían. No era ése un conocimiento innato sino una habilidad que se aprendía con el paso del tiempo, a fuerza de palizas y reyertas: la de rastrear y, sobre todo, la de evitar ser rastreado. Luego de incontables reveses y de tantas malaventuras de las que apenas había logrado salir con vida, Matarratas podía ser considerada una artista de la huida.

Era veloz y resuelta en sus movimientos y tenía el instinto punzante como aguja. Sus oídos y ojos eran capaces de decirle cuáles de los pasos cercanos, en una calle, no eran fortuitos o indiferentes, sino que venían directamente por ella, aunque fingieran no hacerlo. Tenía un compartimento en la cabeza que jamás abandonaba el estado de alarma, y reaccionaba ante el mínimo barrunto de peligro. Así eran, le habían dicho, los lobos del alto bosque, y así los yaguares en las junglas del sur, cerca del pueblo donde había nacido: cazadores que, además, sabían resistirse a ser presas.

Salió en cuanto pudo de la calle de las tabernas, dio vuelta por la de los verduleros, una zanja empedrada que olía a coles podridas y hongos descompuestos, pero que de noche estaba desolada, porque ni las prostitutas menos populares ni los borrachos más solitarios soportaban mucho tiempo la peste, y se metió por un callejón corto y sucio que desembocaba en la calle de los semilleros y de los que vendían pienso y paja para ganado y monturas, con su característico aroma a mierda dulce.

Todas aquellas callejuelas de comercios y tiendas cerraban sus puertas por la noche, y lo más prudente habría sido eludirlas y permanecer en la vía de los taberneros, que era tan transitada o más bajo la luna que bajo el sol, y en la que resultaba fácil escurrirse entre el gentío o perderse en el interior de un hostal.

Pero Matarratas conocía de sobra los atajos que la alejarían velozmente del cadáver que había dejado tras de sí, por entre las solitarias calles de los comerciantes, y no dudó en elegir esa ruta. Para cuando un guardia nocturno o alguno de los Águilas, los milicianos del consejo rector, diera con el cuerpo del norteño e hiciera sonar la campana que convocaría a sus compañeros, ella estaría metida bajo sus sábanas y nadie podría relacionarla con crimen alguno. Ni siquiera con el más inocente robo de una maceta.

Sin embargo, el tamborileo rítmico de los pasos del perseguidor seguía allí, al fondo de su cerebro. No sonaban excesivamente cerca, pero tampoco había conseguido engañarlos con los cambios de dirección. Al fin, cuando ya se encontraba decidida a pasar de largo de su casa y alejarse con rumbo al corredor de los libreros, que la llevaría al río y, si era necesario, al otro lado de la ciudad, los pasos desaparecieron de su oído. De cualquier modo, para asegurarse de estar sola, Matarratas dio unas vueltas de más en torno a su meta, igual que los pájaros que merodean a un gusano. Quería cerciorarse a fondo de que no le estuvieran preparando una emboscada.

Nadie, ni el muchachito ni el sacerdote, le había advertido que su víctima tuviera parientes, socios o amigos poderosos que pudieran correr a buscar a su asesino, pero eso no quería decir que no estuvieran por allí, listos para actuar. Demasiadas sorpresas había tenido al respecto a lo largo de los años como para confiarse.

Apenas si se escuchaban ruidos en el aire nocturno: el clamor de las cigarras y el resoplido de las lechuzas, las risotadas de los ebrios, el diálogo a ladridos de un par de perros: poco más. La luna colgada en el cielo dejaba caer sobre el mundo su luz mediocre, velada por un grupo de nubes. En la mitad del verano, el calor en la Ciudad del Lago llegaba a recordarle al del sur, sofocador y desesperante, pero el verano había pasado, y el otoño y el invierno casi enteros también, y las noches, por lo pronto, eran heladas y rigurosas. La primavera no asomaba aún y el frío alargaba su dictadura.

La calle, supo Matarratas, estaba vacía. Su casa se encontraba al fondo de otra propiedad, en la que habitaba un anciano malencarado y tedioso que se pasaba los días asomado a su ventana con expresión hosca, vigilando el enorme limonero que crecía a unos pasos de la puerta. Los niños solían organizar combates a limonazos y eso sacaba de sí al vecino, que no dudaba en responder con piedras cualquier golpe accidental que recibiera su fachada (o, dado el caso, su persona).

A un costado de la vivienda del anciano se abría un pasillo terregoso que llevaba hacia un corral sin caballo y a un abandonado jardín, decorado por un reloj de sol roto en el medio de una fuente por la que hacía mucho tiempo que el agua había dejado de correr.

Luego de la rebelión y del exilio del rey, su corte y la aristocracia, la ciudad entera había terminado por ser poco más que una colección de ruinas, con techos caídos y columnas rotas por doquier, y muros y casas cubiertos de yerbajos y túmulos caseros en los que dormían por siempre todos los muertos que no habían alcanzado sitio en el abarrotado panteón.

El hirsuto jardín de Matarratas era uno de tantos síntomas de la decadencia general. Las matas, abatidas y requemadas por la nieve, superaban el metro de altura y eran amarillentas en la raíz y la punta. Había montoncitos de escombros enlodados, aquí y allá, y un viejo escudo real de piedra había sido roto a martillazos y colgaba, a medio caer, pero sin terminar de hacerlo, en un arco ornamental y ennegrecido por algún incendio.

Al fondo de esa parcela de puro y absoluto caos se levantaba una destartalada escalera de piedra, que poblaban el moho y los líquenes que se habían extendido desde los muros laterales, dominados por las enredaderas y la hojarasca. Si uno subía por su veintena de escalones resbalosos, ayudándose del crujiente pasamanos de madera seca, daba con una puerta baja, que Matarratas atoraba por dentro con dos trabas de madera en aquellas ocasiones en que, muy de vez en vez, tenía en casa algún objeto que valiera la pena proteger de un ladrón (una alhaja, si es que los codiciosos expertos de la calle de los joyeros tardaban unos días de meditación antes de ofrecer el precio justo por ella; o una bolsa con moneditas de oro o plata, antes de que la asesina pudiera ir a depositarlas con los sacerdotes del templo). En esos días, tapiaba la entrada y no le quedaba más que colarse a sus habitaciones por una ventana, a la que se encaramaba de un salto.

Pero, por lo general, el vecino amargado era suficiente guardián, y tampoco es que los ladrones solieran prodigarse en las modestas y viejas casas de aquel sector, en el que la gente tenía tan poco dinero que se arracimaba en callecitas ruinosas aledañas al ruido y la purulencia de las vías comerciales, miraba pasar el tiempo y esperaba a que el consejo rector de la ciudad encontrara el modo de sacarlos de la miseria, tal y como había jurado que haría cuando la rebelión expulsó al rey (quien, desde luego, jamás se preocupó por la pobreza de nadie).

Matarratas coló la punta del estoque en la cerradura de su puerta y levantó la mínima pestaña de palo que obstruía el paso en los días comunes, como aquél. La pestaña se levantó y bastó un empujón de cadera para abrir la hoja de la puerta, que con el calor se hinchaba y sólo volvía a desinflarse en el frío del fin de año…

Y entonces, el olor. Un olor que no debió haber estado en el aire. No allí. La alarma de la cabeza le brincó en aquel instante, demasiado tarde para huir, y Matarratas agitó en el aire el estoque. Se trataba de algo pequeño, pero incuestionable, lo que la había hecho reaccionar. Un aroma ajeno, algo que no tenía por qué husmearse en sus habitaciones. Y su memoria le indicó, además, que la pestaña estaba ligeramente movida de como ella solía dejarla. Más pegada al marco que al soporte... Sería una pizca o ni siquiera eso, pero el movimiento había existido.

—Hola —saludó una voz bien conocida. Una voz categórica y hasta un poco altanera.

Matarratas pensó en volver sobre sus pasos y bajar a la carrera por los escalones. Pensó también en tomar el cuchillo de su cintura y blandirlo. El olor, claro.

Era él.

—Hola —respondió y avanzó hacia la voz.

Ancla ocupaba la silla preferida de Matarratas y tenía los pies subidos a la mesita baja en donde ella acostumbraba acomodarlos cuando regresaba a casa y se sentaba a reposar. Sus ropas se veían más limpias y elegantes de lo usual, pero su mueca de acólito religioso, que quería ser impávida y resultaba levemente jactanciosa, era la misma que ella recordaba desde que lo conoció.

Matarratas se esforzó en retrasar un segundo vistazo. Se bajó la caperuza y luego se despojó serenamente de la capa. Dejó sus estoques sobre la mesa que usaba para comer y jaló una silla para enfrentarla con su favorita, que le había sido hurtada, pero, de momento, no se sentó en ella. Caminó. De una alacena bajó una jarra de vino y se sirvió generosamente en su único vaso. Pegó un trago y lo pasó por la garganta antes de girarse. Y entonces volvió y se sentó en la silla con lentitud deliberada, y no le ofreció un trago al intruso.

Ancla sería de su misma edad, es decir, un joven que había superado la adolescencia hacía no demasiado tiempo. Pero en vez de ser pequeño y atezado, como Matarratas, era alto, cerúleo, con una pelusa rojiza en la cara y sobre el cráneo, cuya última afeitada al cero debió ocurrir unas semanas atrás.

Había profesado como adepto de una orden militar, algunos años antes, y utilizaba la característica toga parda y las sandalias de cuero con cintas entrecruzadas que subían por los tobillos de los monjes. Aceptó sin molestia que su forzosa anfitriona no le ofreciera ni un sorbo de vino y mantuvo las manos sobre los muslos y la postura mansa, nada amenazadora. A un metro de sus pies, recargada en la pared, estaba la vaina de su espadón, brillante y recia, con la cruz de la empuñadura del arma sobresaliendo en forma de T invertida.

—Te vi desde el barrio de los comerciantes —dijo Ancla, con punzante vanidad—. Y recordé que ésta era tu casa, así que vine, en vez de seguirte. ¿Bajaste al río?

Matarratas le dio otro sorbo a su vino. Ceñuda por no haber previsto esa posibilidad, negó con la cabeza. Si hubiera bajado al río, seguiría allí, apostada, o habría cruzado el primer puente y buscado un alojamiento temporal hasta estar segura de que nadie iba tras ella. Pero pensó haberse librado del perseguidor y se equivocó. Y la consecuencia era estar allí, expectante y molesta, consigo misma y con la situación.

—Sólo di un par de vueltas por allí. De cualquier manera, no tengo nada de valor en la casa.

—Ni comida —repuso Ancla con cierta nota de reclamo.

—Cené temprano —mintió ella, encogiéndose de hombros—. Tenía que trabajar.

Ambos se quedaron callados hasta que Matarratas terminó el contenido del vaso y se puso en pie para rellenarlo. De camino a la cocina, encendió la lámpara de aceite que estaba sobre la mesa. Prefería la luz fuerte y pocas sombras si tenía que meterse en una discusión o forcejeo con el intruso.

—Eres buena para el fuego —elogió Ancla—. Yo no pude prenderlo.

—Si la hubieras encendido, yo hubiera visto la luz y no estaría aquí —discurrió Matarratas—. Así que mejor para ti y para mí peor.

—Claro —dijo él.

—Claro —cortó ella.

Tanto desapego no era una casualidad. Matarratas había conocido a Ancla cuando ambos eran poco más que unos muchachitos. Ella llevaba unos meses como aprendiz de Panal, y se había ganado las primeras monedas y las primeras cicatrices. Y Ancla era el más joven de los acólitos del templo del dios Rojo-Azul. Lo suyo no eran las venganzas, sino las cuentas, en aquel entonces. Los sacerdotes les guardaban el dinero a los fieles que se los requirieran a cambio de una comisión mensual. Ancla se dedicaba a anotar sumas y restas en unos pergaminos grasientos para que sus superiores pudieran concentrarse en sus ceremonias. Y administraba, también, las pequeñas ganancias de la flamante asesina. Así se conocieron.

Por diferentes situaciones se habían hecho buenos amigos, luego fueron amantes y si no pasaron de ese punto no fue por voluntad de Matarratas, sino porque Ancla decidió dejar a los sacerdotes del templo de Rojo-Azul, sus contratos de venganza y sus servicios de caja de ahorros, y pasarse a la rama militar de la orden. Los monjes-soldado estaban obligados a vivir una existencia de pureza y decoro y no se les autorizaba a casarse o tener queridas. Y, cuando hubo que elegir, Ancla prefirió la castidad, la espada y la vida en la orden en vez de a Matarratas. Ascender en la rama militar le ofrecía oportunidades de gloria, riqueza y poder, claro. Y, en cambio, vivir con Matarratas era solamente eso: tenerla a ella, unas pupilas de obsidiana, un pelaje crespo, una piel bronceada y un carácter de navaja.

Aunque siguieron encontrándose con alguna frecuencia, luego de que Ancla tomara la espada y los hábitos, dos inviernos habían transcurrido ya desde la última ocasión en que habían coincidido, justo unos días después de que Matarratas se mudara a esas habitaciones.

—¿Ya eres el hermano principal de la orden o algo así? —preguntó ella.

—Sólo el asesor religioso del consejo rector. Nada tan importante todavía como un gran hermano. ¿De verdad no tienes algo de comer? —respondió él, risueño.

—¿No te dan una cocinera en la orden? ¿O en el palacio del consejo? —lo picó la chica.

—En la orden no podemos tener más que un servidor, lo sabes, que casi siempre es un acólito. Yo, por mi lado, no tengo ninguno. Me parece que un monje deber hacerse todo él mismo —justificó Ancla.

—¿Barres tu alcoba? ¿Lavas tu ropa? —a Matarratas le divirtió mostrarse escéptica.

El monje se enderezó en la silla y bajó los pies de la mesita de apoyo.

—Sí. Todo yo.

—Pues lavas muy bien —respondió la chica, inclinando la cabeza y estirándose para tocar la manga de la toga—. Ya puedes casarte y cuidar de un hogar.

Ancla suspiró, porque no le gustaban ni el tema de conversación ni el tono de la chica. Se puso en pie y cruzó la estancia para llegar a la cocina. Allí rebuscó cajón por cajón hasta que dio con una manzana, reseca y con la piel arrugada, pero aún comestible.

—Esto me sirve —dijo, y volvió a sentarse en la silla preferida de Matarratas y a subir los pies en la mesita de apoyo antes de morder la fruta.

Matarratas no había cenado, desde luego, y se congratuló en silencio de que Ancla no hubiera dado con el cajoncito donde guardaba el pan, el queso y la carne seca.

—Muy espiritual —comentó—. Lo de comer sólo una manzana. Es lo que haría un dios, ¿no? En las historias que cuentan los sacerdotes, esas cosas hacen los dioses.

Ancla se terminó la fruta, engulló incluso las semillas de color marrón y sólo conservó en la mano el pequeño vástago.

—Vine a ofrecerte un contrato —dijo entonces, con toda tranquilidad, el monje, jugueteando con el tallo de la manzana entre los dedos.

—¿De tu parte o de parte de tu orden? —preguntó Matarratas, perezosa, luego de beber otro sorbo de vino.

—No es directamente para nosotros. Sólo sirvo como intermediario del consejo rector. O ni siquiera eso, porque la orden me prohibiría cobrar la comisión que tendrías que darle a alguno que hiciera lo que yo.

—No quedan muchos comisionistas últimamente —cortó Matarratas—. Casi todos se fueron con el rey. O los colgaron en la plaza. Uno tiene que hacer las cosas solo, en el negocio. No eres el único que puede.

Ancla volvió a sonreír. Casi parecía feliz de recibir ese trato áspero e inamistoso.

—¿Te interesa? —preguntó.

—Si no es para ti, lo acepto.

—No sabes qué es —deslizó el monje—. Y podría ser más complicado de lo que crees.

—Llevo mis años en esto. Salvo que quieras que mate a tu dios, me parece que puedo intentar lo que sea.

Y Matarratas, luego de decir esto con toda la firmeza de la que fue capaz, se puso de pie y fue en busca de más vino.

—Ven mañana al palacio. Te encontraré en el patio, al lado de la puerta principal. Entra por la calle de los vendedores de incienso —la aleccionó Ancla.

—Mañana es mal día. Justo tengo que entregar una prueba de muerte en el templo menor. Y cobrar una paga —opuso ella, de regreso a la silla que había ocupado.

El monje tomó aire con la boca abierta, porque comenzaba a impacientarse.

—Eso no te llevará más que un poco de tiempo. ¿Vas con Azar? Salvo que tu premio sea algo inusual, de cualquier modo lo dejarás en su custodia. Él maneja tu dinero ahora, ¿no? —se burló Ancla y ella no le respondió—. Puedes venir al templo mayor a la décima hora, con el sol en alto. Allí te veré.

Tampoco era un mal plan, pensó Matarratas. Le agradaba que los trabajos se sucedieran en lugar de encimarse uno sobre el otro o, peor aún, que no hubiera trabajo alguno y ella debiera andar rogándoles a los taberneros unas monedas o la cena a cambio de vigilar sus locales y evitarles problemas con los borrachos.

—Podrías adelantarme algo de lo que esperas que haga —le deslizó a su antiguo amante reconvertido en religioso.

Ancla había tomado la vaina con el espadón, como si comenzara los preparativos para marcharse, pero al oírla decir eso, la regresó a su lugar junto al muro. Plegó las piernas hasta parecer un enorme grillo agazapado.

—No soy el cliente, como ya te dije, y tendría que ser discreto con esto… Sólo diré que alguien de cierta importancia en la ciudad está causando muchos problemas… Una persona que ha provocado el enojo de parte del consejo. Y por eso, algunos consejeros…. Hay uno, en especial, que busca ayuda. Del tipo de ayuda que sueles ofrecer…

Uno de los rasgos que Matarratas más odiaba de su amigo era esa capacidad para no decir las cosas directamente. Al dar vueltas en torno a su trabajo de ajusticiamiento, Ancla había conseguido que la frase sonara como una acusación de prostituirse.

—La ayuda que dan los monjes se parece más a la de las putas —reviró ella, apenas pasado un nuevo sorbo del vinito nocturno—. ¿No te parece?

Ancla mordió sus labios un momento, con aspecto de sentirse culpable por su insensibilidad. Pero Matarratas lo conocía lo suficiente como para entender que en realidad estaba furioso.

—Prefieres que te llame *asesina* o algo —dijo el monje con amargura.

—Podrías decir *negocio* o *trabajo* y entenderíamos igual.

—No pensé que te molestara —replicó Ancla, agresivo.

—Me molestas tú.

El soldado de la fe había llegado al límite de su paciencia. Recuperó la vaina y, levantándose de su asiento, se la ciñó a la cadera con la correa de cuero enrollada para tal efecto. Se cubrió con la caperuza de su hábito e hizo una profunda reverencia ante Matarratas a manera de despedida.

—Mañana a la décima hora —repitió—. Es un negocio complicado, pero la paga será estupenda… Porque habrá mucho dinero que repartir…

La chica asintió en silencio y volvió los labios a su vaso mientras el monje forcejeaba con la puerta y salía de su alojamiento. Escuchó cómo sus pies revestidos por sandalias descendían por los traicioneros escalones enfangados. Ancla pisaba con tiento, afianzándose a cada paso, pero al fin se fue. El murmullo del viento volvió a dominar la noche.

En cuanto se quedó sola, Matarratas se apoderó de su silla preferida. Quizá por haber sido despojada de ella es que se había puesto de mal humor, pensó. Era curioso: durante mucho tiempo no estuvo molesta con Ancla, a pesar de estar segura de que la había dejado atrás sólo por su interesada vocación. Pero verlo próspero, con aquellas ropas caras y esa espada de primera, la ofendía. Era como si le escupieran a la cara lo bien que había hecho aquel gigantón en dejarla así, por el camino, luego de todo lo que habían pasado juntos.

Matarratas había tenido otros amantes, desde luego, e incluso alguna vez jugó con la posibilidad de dejar su trabajo y ser la esposa de alguien. Uno de sus clientes habituales era hijo de un comerciante y se encargaba de cobrar las deudas del padre o vengar su impago. Y el tipo aquel, un norteño bajito, de piel sonrosada y barbas de minero, había sido un admirador leal de Matarratas y un enamorado de su peculiar belleza.

Pero entonces había sido ella la que se dejó dominar por la ambición. Por mejor que el hombre la tratara, ser su esposa equivaldría a abandonarse en sus manos. Y a Matarratas le gustaba ganarse su propio dinero y no recibir órdenes de nadie más que de quien le pagara por acatarlas. El vino sobrante alcanzó, apenas, para llenar la mitad del vaso.

Ancla era un idiota por haberse ido, pensó. Pero si le traía un buen trabajo a las manos, quizás había hecho bien en tolerarlo de momento. ¿O no?

III

El viejo palacio de los reyes había sido transformado en una suerte de desolado cuartel militar que albergaba, además, las oficinas en que despachaba el consejo rector, es decir, el régimen vigente en la Ciudad del Lago.

El rey y su corte de nobles envarados habían sido sustituidos por una severa junta de notables y, en lugar de los guardias emplumados de los tiempos antiguos, frente a las puertas y en torno a los salones principales de la que fuera morada real se encontraban perdiendo el tiempo, aburridos, los Águilas.

No podían considerarse un ejército en sí mismos. No usaban uniforme, sino ropas comunes, y sólo se amarraban un trapo de color amarillo, el de los rebeldes, alrededor del cuello o el antebrazo izquierdo, para distinguirse de los ciudadanos comunes. Mezcla de mesnada, custodios y espías, los muchachos de los Águilas no solían concentrarse en más labores que el hostigamiento de los escasos partidarios de la monarquía que aún residían en la ciudad.

Y como ya era remoto dar con alguno (la mayoría de los ricos se habían ido en sus carromatos detrás del rey y de su ejército y vivían en El Alto; los otros murieron, o fueron desposeídos o presos, o se callaron la boca y se aguantaron y compraron la amistad del nuevo poder), lo común era encontrarlos vagando por las tabernas y las calles, gastándose el jornal en algún entretenimiento más o menos estruendoso: alcohol, juego, mujeres.

Matarratas no guardaba por los Águilas una mejor estima de la que había tenido por los guardias reales que llegó a conocer. Si acaso, apreciaba que sus integrantes fueran tan ineptos que su labor como asesina a sueldo no se veía obstaculizada mayormente por la de ellos: en la Ciudad del Lago, uno podía cortar gargantas con la seguridad de que nadie se dedicaría a hacer averiguaciones sobre quién había pagado por ello, ni por qué motivo.

A menos, claro, que se le quitara la vida a un miembro del régimen o alguno de sus allegados. Entonces sí que se organizaban batidas, redadas, registros de peatones y viviendas y se terminaba por colgar a alguien, culpable o no, en el centro de la plaza. La muerte se enseñoreaba de las ciudades cuando no quedaba en ellas nadie que se dedicara a conservar un orden mínimo y mantenerla lejos.

Matarratas cruzó morosamente los jardines que se levantaban alrededor de la muralla del palacio. Notó que los arbustos, las mosquetas y los árboles frutales que solían engalanar las inmediaciones lucían secos y descuidados, como jamás se habían visto mientras la corte se encargó de su cuidado.

No gastaremos el dinero de la ciudad en mantener unos macizos de rosales, dijeron los consejeros cuando tomaron el poder, y prometieron que el tesoro real se emplearía para alimentar a las hordas de menesterosos que pedían limosna o se echaban a morir junto a la muralla exterior del palacio, o arremolinados cual mosquitos cerca de las puertas de la ciudad.

Pero aquella promesa no llegó a cumplirse, desde luego, y ahora la vegetación estaba seca y los pedigüeños aún tenían hambre.

En tiempos de los reyes se paseaban por las calles principales de la Ciudad del Lago algunos nobles y comerciantes ricachones, envueltos en ropajes suaves y radiantes, rodeados por escoltas que también lucían plumas en los cascos. Cómo les gustaban las plumas a los reyes y a los suyos... Esos elegidos llevaban las puntas de las narices apuntando al cielo con toda arrogancia. Y las damas que los acompañaban acostumbraban colocarse un pañuelito empapado de perfume sobre las fosas nasales y la boca para evitarse las pestilencias de los demás.

Matarratas no recordaba que fueran demasiado numerosos los integrantes de aquella casta suprema. Si uno, como ella, se pasaba la mañana rondando por las plazoletas del centro de la ciudad, o los jardines en torno al palacio, en espera de un cliente que quisiera pagarle por acabar con la vida de un rival, era muy sencillo que terminara conociéndolos a todos: al Duque León, por ejemplo, un bruto con aretes de diamante en las orejas y que llegó a poseer cien casas; o aquel comerciante al que llamaban Jarra, y que fue dueño de un puñado de tenderetes que ofrecían pescado, cerdo, pollo, jabalí y el resto de las carnes más populares en el mercado de abasto de la ciudad.

Pero el Duque León, Jarra el comerciante y el rey y la reina y sus doce hijos ya no estaban por allí. Solo permanecían cercanos al palacio aquellos pobres de solemnidad, a quienes los consejeros y los lagunos de buen pasar no vieron antes ni, pese a los compromisos que contrajeron con su victoria, habían aprendido a ver.

Los tres o cuatro muchachitos de los Águilas que custodiaban el portón de la muralla externa estaban muy concentrados en la disputa de una partida de naipes, sentados en el suelo como niños, y Matarratas pudo colarse sin mayor esfuerzo al vasto patio interior del palacio. En los tiempos pasados, aquel espacio solía estar repleto de vasallos que limpiaban la mierda de los caballos o corrían de un ala a otra para cumplir algún encargo o entregar un recado. Ahora sólo paseaba por su enorme explanada un solitario cerdo, hocicando los alrededores de un espejo de agua, que antes rodeaba una fuente y ahora parecía un chiquero.

Ancla había cumplido con su palabra por una vez en la vida y estaba allí, a unos pasos del portón principal, aguardando la llegada de la asesina. Matarratas tuvo un contradictorio sabor dulce en la boca al verlo cruzado de brazos, con la pequeña barba hundida en el cuello de su oscura toga de monje y la mirada perdida en los mosaicos del suelo. Algunos hierbajos estaban creciendo en las juntas de la loseta, notó la muchacha. *Estos tipos nuevos no cuidan absolutamente nada*, se dijo. Al menos, esperaba que hubieran sido capaces de conservar en su poder el suficiente oro como para que acudir a aquella tempranera cita de trabajo no fuera una absoluta pérdida de tiempo.

—¿Viste que ibas a terminar pronto con Azar y sus muchachos? Pero ya son las diez horas del sol. Debiste llegar antes. Nos esperan —el vozarrón de Ancla la sacó de sus cavilaciones.

Ella ni siquiera volteó a verlo y lo dejó atrás, entró por el portón y no se detuvo hasta que uno de los Águilas le marcó el alto, antes de alcanzar una escalera de marmolina y con pasamanos de piedra negra, que se levantaba al fondo de una estancia gigantesca que parecía, en realidad, un templo, de tan alta y tan hueca como era.

Ancla le hizo una seña y el tipo se encogió de hombros y les franqueó el paso. Matarratas nunca conoció el palacio por dentro en tiempos de los reyes, pero el galerón oscuro y helado al que llegó, apenas alumbrado por unas antorchas y en el que cada paso retumbaba como si lo dieran en una catacumba, le dio la seguridad de que transitaba por un lugar saqueado.

—Seguro que se llevaron los tapices, los muebles, los cuadros... —especuló la sicaria, mientras ella y Ancla subían, peldaño a peldaño, la escalera.

El monje vaciló pero, al fin, como contra su voluntad, una risita se escurrió de su boca.

—La mayoría de lo valioso se fue en los carromatos de los reyes... Y de lo que quedó... pues está repartido en las casas de los consejeros, por supuesto. Algunas cositas acabaron ofrendadas en los templos, en especial en el altar del gran dios Oro-Negro, por la protección que le dio a la Revolución Gloriosa. Otras se las habrán llevado los Águilas...

Matarratas suspiró.

—¿Revolución Gloriosa la llaman? Vaya. Qué épico. Pero tú eras un monárquico, recuerdo —atinó a deslizar.

Ancla volvió a reírse, aunque con más discreción.

—No creo que les importe que lo digas. Todos aquí eran monárquicos, hasta que dejaron de serlo...

Al fin dejaron de dar vueltas por aquellos peldaños resbaladizos y sonoros y se internaron en un pasillo del tercer nivel. Sus muros estaban desnudos, interrumpidos por varias puertas de madera, y sólo una antorcha, que pendía de una anilla de metal al fondo del corredor, ofrecía un poco de luz.

Uno de los milicianos de los Águilas, sentado en una silla, estaba más concentrado en dormir que en montar guardia bajo el resplandor.

—No parece que me lleves a la Sala del Trono —recriminó Matarratas, risueña.

Todo aquello la divertía muchísimo, en realidad. Que su viejo amante, al que en algún tiempo estuvo dispuesta a considerar un candidato a esposo, hubiera terminado como recadero de unos conspiradores triunfantes le parecía cosa de una farsa, como esas que presentaban los cómicos itinerantes en las carpas del festival del verano.

—Ya no hay tal. Ahora es un comedor común para tropas —respondió Ancla, súbitamente serio.

Y caminó hasta una de las puertas y la abrió con violencia.

La habitación a la que arribaron era grande y bien iluminada, y sus vestiduras permanecían aún colgadas de las paredes: escenas de cacería y de dioses armados y de paisajes citadinos. La decoración habitual de cualquier residencia laguna. Matarratas pensó que aquellas pinturas y tapices no debían valer nada y por eso permanecían allí. O, acaso, alguien había mandado reponerlas, luego de la depredación, para no sentirse en el despojado aposento de un prisionero.

Al fondo del lugar había una mesa y tras ella se encontraba sentado Palma, el encargado de la seguridad en la Ciudad del Lago, creador y animador principal de los Águilas y una de las voces cantantes del consejo rector.

Palma era un hombre de mediana edad, calvo pero con una corola de cabello castaño rodeándole las sienes y la nuca. Era recio, de manos grandes y nariz prominente. Sus ojos parecían más astutos de lo que a Matarratas le hubiera gustado y la recorrieron en un instante. La muchacha se alegró de llevar una capa larga que le tapaba el cuerpo, y de que el consejero se viera obligado a centrarse en sus ojos y en su cabello negro y suelto, a la manera de las mujeres del sur.

—Pedimos una asesina y el hermano Ancla nos ha traído una dama —bromeó, como si fuera un viejo amigo de la recién llegada.

Otros dos personajes se encontraban sentados a la mesa junto con Palma. Había una adolescente cadavérica y de mirada hundida, a la que ni siquiera el calor de la chimenea del aposento parecía avivar. Y, a su lado, cubierto con una capa, gris y desgastada, estaba un tipo flaco, de nariz fina, expresión azorada y una pelusa corta sobre la cabeza y en el mentón. Sus ojos se cruzaron con los de Matarratas. No, pensó ella. No lo conozco. Y por las ropas que lleva, debe ser el sirviente de alguien, aunque quizá tiene las manos demasiado delicadas...

—Siéntense, por favor —dijo Palma, señalando un par de sillas que aún permanecían vacías.

La reunión habría dado la apariencia de ser totalmente casual para una mirada distraída, pero en una junta azarosa las sillas sobraban o era necesario traer más, pensó Matarratas. Y allí cada cual tenía su lugar. Sólo había que averiguar cuál pensaban darle a ella...

Ancla ocupó el asiento junto al de Palma, como si la proximidad de uno con otro ayudara a que se fortalecieran. Ambos se acercaron e intercambiaron cuchicheos, mientras la puerta se abría y un miliciano aparecía con una bandeja llena de cuencos humeantes.

—Les pedí un poco de tinto, porque la mañana enfría —se pavoneó Palma, agarrando uno para sí—. Es grano local, me temo —prosiguió, como si interpretara el gesto de desaliento que puso el muchacho flaco al olfatear su bebida—. El sur aún está muy revuelto y no hay un abasto de granos continuo, así que usamos lo que está a la mano —se justificó el consejero.

Matarratas entendió el desánimo del extraño cuando olió su propio cuenco de tinto. En vez del aroma sutil y delicioso que esperaba, le inundó la nariz un picor húmedo y ligeramente nauseabundo.

Ancla, menos melindroso que los demás, fue el primero en beber. La jovencita, por su parte, perdida en su silla, ni siquiera se aproximó el cuenco que le hubiera correspondido, que se quedó en la charola, a mitad de la mesa. El miliciano que había traído el servicio saludó a Palma con una reverencia y se retiró en silencio, tal y como había llegado.

El consejero le dio un sorbo a su cuenco, frunció la nariz y señaló a los recién llegados con la mano que le quedaba libre.

—La dama —dijo a los demás invitados— es la persona ideal para atender este problemita nuestro. Se llama...

Ancla tosió aparatosamente y evitó así que el consejero pudiera decir otra palabra.

—Se llama Azul —informó el monje, apresurado.

Su maniobra había evitado que Palma la llamara Matarratas, desde luego. Porque aquel nombre, hasta donde Ancla podía recordar, estaba reservado al uso de los sicarios que se lo habían impuesto. Todos lo empleaban en la ciudad, por supuesto, pero ninguno era tan ingenuo como para suponer que le gustaría a la mujer a la que se lo habían colgado encima.

—Todo mundo sabe que soy Matarratas —interrumpió ella, sin embargo—. En realidad, lo que no dejo hacer a cualquiera es llamarme Azul... Tú no puedes, por ejemplo.

Ancla pasó saliva y se retorció las manos, inquieto. Palma, que había contemplado la escena con curiosidad, hizo el intento de ignorar lo que acababa de ocurrir, aunque una sonrisa maliciosa le revoloteó en los belfos.

—Bien. Como sea, la dama es la solución que estamos buscando para nuestro asunto. Y ellos —señaló al otro lado de la mesa, culminando las presentaciones— son los que nos trajeron este tema a las manos. O, mejor dicho, me lo trajeron a mí. Y, luego de escucharlos, le pedí al hermano Ancla que nos socorriera. Estos chicos son servidores del amo Bastión, el señor de la gran finca de piedra que domina los llanos más allá de la salida sureste de la ciudad...

—Bastión el Gusano —precisó Matarratas, quien se desquitó del uso de su apodo al sacar a la mesa el mote con que los monárquicos habían condecorado la traición del viejo aristócrata.

Palma y Ancla cruzaron una mirada en la que podía notarse una pequeña alarma.

—Ese mismo —aceptó el consejero—. Aunque no usemos aquí ese mote que le achacaron nuestros adversarios... Supongo que será popular, sí, porque a la gente de esta ciudad le encanta el rumor y el insulto... En fin. El amo Bastión ha sido un aliado valioso del consejo rector, del que formo parte, y del gobierno de este país. Sólo que...

Y Palma se interrumpió nuevamente y señaló a los sirvientes que esperaban en la mesa. Era hora de entrar en precisiones.

—Ella se llama Agua. Trabaja en las cocinas de la casa del amo Bastión. Y dice que su hermana... Bueno. Que Bastión la mató.

La estancia permaneció en absoluto silencio por un minuto antes de que Matarratas levantara un bufido por los aires.

—¿La mató, así, nada más? Pues manden a sus Águilas y préndanlo. Y lo cuelgan, como a los demás. No me necesitan para algo como eso.

Palma, un poco desesperado, volteó hacia Ancla y el monje tomó la palabra, en busca de atacar la negociación desde otro ángulo.

—Esto se trata de mucho más que una muerte. Lo que Agua vino a contarnos es más serio. ¿Verdad? —y extendió la palma de la mano hacia la pequeña, para que ella lo explicara.

Pero la chica sólo se estremeció y su mirada permaneció, como hasta entonces, clavada en su cuenco intacto y repleto de tinto.

En ese momento su acompañante decidió intervenir en la charla. El tipo flaco y joven se acomodó en su silla, se pasó la mano por una de sus sienes peladas y dijo:

—Bastión el Gusano no sólo mató a la hermana de Agua. Hicimos averiguaciones en la casa antes de acudir aquí. El amo no es un hombre común. Es un Devorador.

Otra vez se hizo el silencio en el salón, aunque de las calles alcanzaba a llegar el murmullo de alguna campana.

—¿Eso de los Devoradores no es un cuento de niños? —cuestionó Matarratas, un poco impaciente, para romper el mutismo general—. Y, ya que estamos en esto, ¿este tipo quién es? ¿Es pariente de la muerta y de la niña?

El consejero Palma detuvo con un gesto a Ancla, quien se preparaba a retomar la explicación.

—El muchacho se llama Clavo, es servidor del amo Bastión y cuidador de su jauría. Él es quien convenció a Agua de acudir con nosotros…. Nos trajo este problema… y esta oportunidad.

Matarratas, sin embargo, no pareció interesada en la historia del sirviente. Volvió a lo suyo.

—¿Y qué demonios se supone que hace ese amo, además de matar chicas y comérselas? ¿En serio no pueden mandar a los Águilas por él?

El consejero Palma tomó aire y se rascó el puente de la nariz. Parecía muy sombrío.

—Esto no es un tema criminal cualquiera, mi bella dama. Se trata de un comedor de vivos. De un Devorador. Algunos dicen que son una secta, viejos disidentes del culto de Negro-Negro, el dios prohibido de la muerte. Ellos... se comen a sus víctimas mientras siguen vivas, pues afirman que pueden absorberles alguna clase de energía en la sangre. No mascan cadáveres... Engullen carne viviente.

Matarratas nunca había escuchado una explicación tan detallada al respecto, ni siquiera entre las palomillas de pordioseros con los que se reunía durante su infancia, allá en los mercados, y entre las que cualquier historia de brujos, espantos y demonios tenía el éxito garantizado.

—¿La energía?

—Sostienen que comer carne viva les da poder. Fuerza —aclaró, al fin, Ancla.

La asesina se removió en el interior de su capa. Era como un delirio, encontrarse allí, junto con su viejo amante y unos extraños, en el ocupado palacio de los reyes, enterándose de aquello.

—¿Entonces Bastión se comió a la hermana? —preguntó, incrédula.

—Me temo que ella misma vio el inicio de ese horror, escondida en un armario —dijo Ancla—. Bastión la mordió hasta hacerla sangrar. Y se la llevó para terminar la tarea a otra parte. No volvieron a verla.

Todos los presentes lo corroboraron agitando las cabezas,

menos la pequeña Agua, que se limitó a soltar algunas lágrimas y a removerse en su silla, demasiado abrumada para hablar.

—Y por qué no lo juzgan y lo ejecutan en la plaza, entonces, como si fuera un monárquico o un pillo común —insistió Matarratas, aferrada a delimitar sus pocas ganas de participar en aquel asunto.

El consejero Palma volvió a suspirar.

—Por varias razones, querida dama…. Primero, porque si se trata de una secta, como se afirma, habrá más conspiradores y no queremos alertarlos con un juicio público. Y segundo, porque el amo Bastión, como ya dije, ha sido un amigo del consejo rector, al menos públicamente, desde el día en que estalló la Revolución Gloriosa. No podemos juzgarlo sin juzgarnos también, de algún modo…

Y el hombre se detuvo entonces, como si hubiera dicho mucho más de lo que deseaba y lo que era conveniente informar.

—Por eso queremos que lo encuentres y te deshagas de su cuerpo del modo más discreto y eficaz posible —se apuró a establecer Ancla, con las manos extendidas sobre la mesa como si quisiera estirarlas y tocar los pechos de Matarratas.

—¿Encontrarlo?

A Clavo se le escapó una risita y la asesina se volvió a mirarlo con malicia. El sirviente se recompuso con dificultad.

—No está en la ciudad —explicó—. El amo Bastión salió de cacería con amigos y un par de servidores hace unos días. Llevaban provisiones suficientes para un buen tiempo. Y hasta ahora, ni él ni sus acompañantes, ni sus caballos, ni mis colegas han regresado. La intención del amo era cruzar el bosque y alcanzar la quinta que posee en las colinas de La Primavera. En la casa se murmuraba que tenía un negocio pendiente que arreglar allí. Que había contratado alguna clase de guardaespaldas, porque temía por su vida...

Clavo hizo una expresión elocuente y el consejero Palma se vio obligado a irrumpir en la charla.

—No hablaré aquí de las tensiones en el consejo rector, pero no es un secreto que entre el amo Bastión y un servidor ha habido desencuentros...

Matarratas sintió una punzada en el costado. La interpretó como la advertencia de que entrometerse en aquel asunto de políticos ambiciosos y señores comedores de carne viva era una pésima idea, y mucho más por petición de un viejo novio que la había rechazado y al cual a esas alturas detestaba, por haberla inmiscuido.

—¿Qué gana el consejo con matarlo? —preguntó, cortante, como si quisiera ofender a sus clientes y hacerlos desistir.

Pero el consejero Palma era un tipo curtido en las confrontaciones y sabía torear los enojos con los que se topaba en el camino de conseguir sus fines.

—Hacer justicia, querida dama. Nadie puede ir comiéndose vivos a nuestros hijos, nadie puede comerse al pueblo del Lago. No queremos hacer un escándalo con esto, pero el amo Bastión y sus seguidores, si los hay, y cualquiera que trate de impedirlo, sea un guardaespaldas o un fanático, deben morir.

—Por no mencionar que las posesiones del tipo deben ser bastante atractivas para repartírselas —acotó ella, sólo por molestar.

En vez de los gestos de amargura que esperaba Matarratas, el consejero Palma y el hermano Ancla se encogieron de hombros, como si aquello fuera lo más natural del mundo. ¿O qué clase de loco, en un puesto como los suyos, no se aprovecharía de los bienes de un amo caído en desgracia?

—Lo importante es terminar con ese asunto de un modo limpio y definitivo —señaló Palma, tajante—. El consejo rector será informado a su debido tiempo, pero queremos poner el asunto en marcha antes de que el amo Bastión pueda ser altertado por algún doblecara de por aquí…

Pero Matarratas tenía aún demasiadas dudas sobre el tema y se resistía a aceptar el derrotero de la conversación que más interesaba a sus clientes.

—¿Y esos amigos con los que se fue Bastión a la Quinta de La Primavera también son Devoradores? —preguntó.

—No hay modo de saberlo —estableció Ancla, a quien todos voltearon a ver—. No es la primera desaparición de una muchacha en la casa y, según nos cuentan, otras han llegado a ocurrir cuando el amo tiene visitas. Pero los servidores habían sido demasiado discretos… Hasta ahora.

—Dudo que un comedor de carne viva tenga amigos que prefieran las frutas —añadió Palma, suspicaz.

—Podrían ser sólo unos señores jugando a la caza y asaeteando venados —opuso Matarratas, quien solía adoptar el papel de contradictora cuando le convenía.

—O ya tienen a los sirvientes que los acompañaron atados de manos allá, y listos para la cena… —persistió el consejero.

Estas aclaraciones provocaron que Agua volviera a llorar y se estremeciera sin que ninguno de los presentes atinara a reconfortarla. Clavo, quien estaba a su lado, se limitó a tomar de la bandeja el cuenco del tinto y a acercárselo a las manos, para ver si la jovencita lo aceptaba. No sucedió.

El consejero Palma debió haberse dado cuenta de que sus palabras no estaban rindiendo el efecto esperado, porque resolvió que era el momento de elevar la apuesta. Se apoyó en el respaldo de su silla y, llevándose una mano al mentón, se lo talló vigorosamente, como un gato acicalándose el pelaje.

—Querida dama: el consejo rector está dispuesto a ofrecerle una cantidad de oro sustancial como pago por sus servicios, en cuanto nos ofrezca una prueba de muerte —declaró, seductor—. A lo que habría que sumar el botín que pueda llevarse del cuerpo del amo y de aquellos que traten de interponerse...

—Oro —reforzó Ancla—. No plata ni bisutería. Mucho oro... Y botín.

Matarratas no estaba convencida aún del asunto ni del trato ofrecido, en realidad, pero su cabeza le mandó la acostumbrada señal de reclamo. Desde pequeña había sabido que sus impulsos no siempre casaban bien con sus intereses, y su mente se encargaba de recordárselo.

Por ejemplo, aunque le agradaba estar al lado de Ancla, sabía que era un desatino tratar con él, porque era inevitable que acabara molesta y decepcionada. A la vez, el hecho de que la buscaran con aquella oferta exótica y aquellas historias de aristócratas comedores de carne, bañadas en la promesa de mucho oro, la hacía desconfiar más.

Aceptó con un simple gesto de cabeza, una inclinación o rendición que reforzó apretando los ojos por un instante. Ojalá al abrirlos, pensó, todos esos que la rodeaban hubieran desaparecido, junto con el palacio, los Águilas y los jardines. Pero no: seguían allí cuando volvió a mirar y se descubrió observada por todos.

Satisfecho con el rumbo que habían tomado los acontecimientos, el consejero Palma comenzó a darle instrucciones al hermano Ancla para que se ocupara de los preparativos del viaje en busca del amo Bastión y sus amigos. Había que

75

proveer a la dama de un buen caballo y algunas piezas de la armería del palacio, tanto defensivas como ofensivas, si es que ella consideraba que podían serle útiles, e incluso era necesario entregarle un anticipo, declaró.

Luego se puso a especular sobre las pruebas de muerte que se requerirían para dar por bueno el fenecimiento de alguien tan poderoso como Bastión y, tras considerar y desechar varias opciones, decidió que sólo había un camino que tomar.

—Su cabeza en una bolsa, me temo, querida señora, es la única prueba incontrovertible. La suya, y la de cada uno de los que trate de defenderlo. Todos aquí seremos capaces de reconocer esos restos postrimeros. No creo que ni ropajes ni manos ni dedos nos basten, dada la peligrosidad de alguien así... Entregará las pruebas aquí, en esta habitación, y ante mí.

—¿No marca la tradición que deberíamos vernos en el templo del dios Rojo-Azul y ante sus sacerdotes? —preguntó Matarratas, más insolente de lo que sus clientes hubieran deseado.

Palma negó con la cabeza.

—Por las condiciones particulares de este caso, y como ya establecí, tendremos que ser lo más discretos posible. No todo el consejo debe estar al tanto, ni queremos que sea algún sacerdote poco inteligente quien difunda la noticia —explicó—. No. El hermano Ancla será el encargado de acompañarme a recibir la prueba y entregar la recompensa y él regularizará el tema con los sacerdotes...

Matarratas sonrió al pensar en la "discreción" de llenar una bolsa con cabezas y cruzar la ciudad con ella a cuestas, pero aceptó el requisito. Era un trabajo como en los viejos tiempos, pensó, cuando aún había clientes que podían pagar fortunas por servicios tan exigentes y costosos como ordenar la decapitación de alguien.

Siempre que negociaba un trabajo así, terminaba reflexionando sobre el motivo que la había llevado a dedicarse profesionalmente al asesinato. Y cada vez se respondía lo mismo: tampoco es que haya tenido tantas opciones distintas en la vida.

Sus padres no fueron príncipes, sino pobres campesinos que acabaron muertos en una reyerta de tierras con los pobladores del otro lado del río. Ellos decidieron simplemente quedarse con sus parcelas, sus cosechas y sus vidas. *Al menos sobrevivo*, solía decirse. Y no agregaba "honradamente", pero en el fondo lo creía.

Y emboscaba a sus víctimas porque era una chica pequeña y delgada, que, aunque manejaba muy bien las espadas, quizá no sobreviviera a un duelo abierto con cualquiera.

Recibió de manos de Ancla una bolsa llena de monedas de oro, a modo de anticipo, y le prometieron que le darían diez veces más cuando volviera de la misión. Incluso el consejero Palma le dejó entrever la posibilidad de unirse como capitana a los Águilas si quedaba satisfecho con su desempeño, pero la sonrisa desdeñosa con que Matarratas recibió el comentario lo convenció de que no era una buena idea insistir en el punto. ¿Una rutina de vagar por la ciudad, rodeada de brutos sin entrenamiento que perseguían monárquicos fantasmales o perdían las horas en los callejones? Matarratas hubiera preferido que le sacaran las muelas.

Los presentes se pusieron en pie y el consejero mostró a las claras que daba el tema por cerrado hasta recibir nuevas y que, una vez que los invitados dejaran su despacho, volvería a meterse en sus propios asuntos.

Pero a Matarratas le quedaba una pequeña petición por hacer.

—Necesito un mapa. No voy a salir a dar vueltas en el bosque sin saber adónde voy.

El consejero y el monje cruzaron una mirada de complicidad, como si hubieran esperado que el requerimiento les fuera presentado.

—No olvidamos ese detalle —dijo Ancla—. La quinta de las colinas de La Primavera está ubicada en una franja un tanto escondida, y el camino principal no lleva directamente a ella. Tendrás que cruzar las veredas del bosque y sortear los obstáculos que pueda haber por esa zona antes de enfilar a la propiedad. Puede que haya salteadores. O, incluso, enviados del amo Bastión. No lo sabemos.

Matarratas esperaba que aquél fuera el preludio de la entrega del mapa dichoso, pero los planes de Ancla eran diferentes.

—Por eso, el consejero Palma y yo hemos pensado que lo mejor será que lleves contigo a este muchacho, Clavo, para que te guíe y pueda resolver cualquier duda que tengas sobre su amo y el grupo que lo acompaña. Él trabaja hace algún tiempo en la casa, conoce a Bastión, y podrá responderte lo que necesites saber… Y ahora colabora con nosotros…

Matarratas respiró hondo. Nunca había disfrutado del trabajo en compañía, porque estaba entrenada para actuar rápidamente y en solitario, y le parecía que un sirviente flaco, pálido y hasta un poco bajito no era el mejor camarada posible para enfrentarse a unos Devoradores armados, si es que la cosa se complicaba.

Pero, a la vez, era verdad que necesitaría quien la condujera lo más directamente posible hacia allá y la ayudara a distinguir a sus blancos de las presas inocentes, como los otros servidores, cuyas cabezas no valían nada. Aceptó también, aunque dubitativa. Y luego de hacerlo, le entregaron otra bolsa con monedas, a manera de anticipo para cubrir los gastos de su acompañante. La sicaria resopló.

Cuando estaba por salir de la estancia, Ancla se le acercó y quiso decirle algo más, pero Matarratas consideró que aquello amenazaba con terminar en alguna clase de confidencia personal y se alejó lo más que pudo, escudándose detrás de Agua, que caminaba con pasos vacilantes, y de Clavo, quien tomaba del brazo a la chica para ayudarla a avanzar.

El monje se quedó en el aposento, manoteando inútilmente para llamar su atención, mientras la asesina y los sirvientes cruzaban el pasillo hacia la oscura espiral de las escaleras.

—¡No olvides al guardaespaldas! —agregó, con un grito, mientras se alejaban—. ¡También pagaremos por él!

Matarratas esperó a que bajaran los tres niveles y salieran de la cercanía de los milicianos antes de dirigirles la palabra a sus acompañantes. No fue un proceso veloz, porque Agua parecía a punto de desvanecerse y sólo el férreo apoyo del brazo de Clavo evitó que rodara por los escalones o cayera en los brazos de alguno de los centinelas de la puerta o el patio.

El cerdo paseador seguía por allí, junto al espejo de agua turbia, echado en el suelo, royendo una masa negra que Matarratas ni siquiera trató de identificar. Había oído historias sobre milicianos que alimentaban a los cochinos con los huesos de los monárquicos robados del panteón, pero pensaba que eran los clásicos rumores de una ciudad tan destruida y asustada como aquella en que vivía.

Una vez en la calle, la asesina y su pequeño séquito se abrieron paso entre la multitud de mendigos, peticionarios y pequeños estafadores (niños que hacían el juego de la bolita, prostitutas retiradas que leían el futuro) y se encaminó a la entrada de la taberna más cercana. Matarratas no había desayunado, pues al alba había acudido al templo para cobrar su trabajo previo, y el tinto mediocre que les habían ofrecido en el despacho del consejero le ardía en las tripas y le ofendía el gusto.

—Lleva a esa niña a donde sea que puedan tenerla resguardada y encuéntrame aquí —instruyó a Clavo—. Necesitamos organizar el viaje a la quinta de Bastión el Gusano.

Clavo se detuvo por un momento, y casi podría decirse que estaba indignado por recibir órdenes de la asesina. Frunció el ceño y torció la boca, como si algo en el tono o la actitud de Matarratas no lo convenciera. Pero ella estaba acostumbrada a esas reacciones y no estaba dispuesta a perder tiempo en alegatos.

—No sé qué te ofrecieron a cambio de traicionar a tu amo, o qué ganas tú por vengar a la hermana de la niña. Pero si estás a sueldo de Palma y del monje, considérate mi sirviente a partir de ahora. No eres un guerrero ni un asesino. Yo soy la que va a matar a los salvajes.

Clavo se tragó cualquier réplica que hubiera podido ocurrírsele y aceptó con una reverencia lo que Matarratas le acababa de lanzar a la cabeza.

—Llevaré a Agua con su tía, a ver si la recibe, y volveré aquí —dijo, y tomó del brazo a la chica para conducirla.

Matarratas miró al par de sirvientes perderse entre la multitud que anegaba los jardines alrededor del palacio. Un tragafuegos incordiaba el paso y algunos acróbatas se le habían unido, haciendo equilibrios sobre sus manos y cabezas como un cortejo de locos unidos en torno a las llamas.

Entró a la taberna, se buscó una mesa fuera de la vista, al fondo, y cuando el hostelero, un tipo moreno y gordo, le tomó la orden, se pidió un cuenco de carne, un pan y un tinto de verdad, si es que lo había.

—Para una sureña como tú, siempre hay grano bueno —le dijo el hostelero, ceñudo, pero obviamente sentimental.

—Sí, urge un tinto de verdad. Estoy harta de la basura de los lagunos —respondió Matarratas, y hablaba de algo más que de las bebidas calientes.

IV

Matarratas dio cuenta del almuerzo y el tinto (que resultó bastante pasable, al final, tal y como le prometieron) y se terminaba la segunda cerveza de la mañana cuando Clavo y Agua aparecieron por la taberna, recorrieron torpemente el pasillo detrás del hostelero y se sentaron a su mesa.

El amargo alcohol serenaba a la asesina, pero aun así la irritó el hecho de que la muchacha hubiera regresado junto con el sirviente.

Si el trabajo que le había sido encomendado, por su naturaleza, ya sería arduo de llevar a puerto, tener por compañía a la hermana pequeña de una mártir del Devorador empujaba las complicaciones al límite. Llevarla consigo sería como entregarle al Devorador, en su puerta, un puerquito para que lo cocinara, pensó Matarratas, y se estremeció ante la idea.

Clavo no ofreció una explicación inmediata sobre la presencia de su acompañante allí, ni Matarratas la pidió, sino que ambos se limitaron a callarse la boca y resoplar. El sirviente se puso cómodo y rogó al hostelero que le llevara a la mesa un plato con pan y carne y un par de cervezas.

—No pensé que la niña bebiera —deslizó la sicaria, limpiándose con una servilleta de tela el rastro de espuma en los labios y con la voz ligeramente fastidiada.

—Son para mí —explicó Clavo, rascándose la frente con aire meditabundo.

Y, apenas le pusieron los tarros enfrente, vació el primero de un par de dilatados sorbos. Vaya sed, pensó Matarratas. La que el miedo mete en el cuerpo.

Clavo tenía los ojos vidriosos, el gesto más bien torcido y, de tanto en tanto, se lamía las puntas de los colmillos. Cualquiera que tomara un minuto para observar cómo se frotaba los muslos con las manos o de qué manera se tronaba los dedos, notaría que la angustia lo aplastaba.

—La dichosa tía no quiso saber nada —confesó, al fin, luego de embestir el segundo tarro, abandonarlo a la mitad y dejar escapar de la boca un discreto eructo, que alcanzó a encubrir con el dorso de la mano—. Dice que a la hermana no le pasó nada, que debió escaparse con un muchacho, y ella no está para hacerse cargo de una criatura, mucho menos si tiene un amo ya...

—A la tía no le importa... —concluyó Matarratas, con pena.

—Eso parece. Es bordadora y tiene seis hijos. Dice que con ellos le basta y sobra. Estas niñas son hijas de un medio hermano suyo o algo así. Y le dan lo mismo.

Pasando por alto la comida que tenía al alcance de los dedos, la pequeña Agua parecía alelada, con la mirada vagabunda entre las vigas de la techumbre del establecimiento, unos maderos resecos y grasientos a la vez, enmugrecidos por años de sufrir las caricias del humo de las cocinas y el tabaco de los parroquianos, y rayados, en demasiadas ocasiones, por el entusiasmo de los asistentes para arrojar por los aires cuchillos o tenedores, para ver si hacían blanco en ellos.

Matarratas miró a la muchacha, su aire ausente y sus manos lacias abandonadas en el tablón de la mesa, y pensó que estaría bajo el efecto de alguna pócima, porque una persona común no se comportaría de ese modo unos días después de la inmolación de una hermana.

—Le di un bebedizo de yerbas que me vendieron en el mercado de los curanderos —confesó Clavo, percatándose del extravío de Agua y la mirada escrutadora de su compañera de mesa—. Eso la calmó, al menos, porque cuando la tía nos echó de vuelta a la calle, no dejaba de gimotear.

—Como haríamos nosotros, en su lugar —agregó, entristecida, Matarratas.

Un grupo de los Águilas atinó a ingresar al local de la taberna en aquel momento, entre empujones y bromas. Serían unos siete u ocho. Pero, por suerte para el pequeño conciliábulo de la asesina y los sirvientes, se instalaron lejos de ellos, en una mesa al otro lado del corredor y a unos pasos de la puerta, y ni siquiera voltearon a escudriñar al resto de los comensales. Los tipos pidieron bebida a grandes voces y la recibieron con alborozo y risotadas, como escolares jugando a perseguir ardillas por el bosque. Clavo no pudo evitar que la boca se le moviera en un gesto de desagrado; casi se diría que de asco.

—Que se ahoguen —dijo, y luego de levantar el tarro y ofrecerlo a los aires, se empinó lo que le quedaba de la segunda cerveza.

Aquél era un brindis usual en las tabernas de la Ciudad del Lago, pero, como recordó Matarratas enseguida, no uno que emplearía cualquiera. Lo había escuchado muchas veces ya, y casi siempre pronunciado tal como lo hizo Clavo, aquel día, entre dientes, estilando una rabia intensa. Porque era el brindis monárquico por excelencia, el que murmuraban los partidarios de los reyes unos a otros al beber, y estaba dedicado a quienes derribaron al gobierno: los consejeros, a los que llamaban traidores; los dirigentes y partidarios de la Revolución Gloriosa; y, desde luego, los integrantes de los Águilas. "Que se ahoguen", se les deseaba, sin nombrarlos, a modo de plegaria para los dioses, del mismo modo que, en tiempo de los reyes, solía brindarse con un "Que vivan por siempre" dedicado, sin usar nombres tampoco, a la salud de los monarcas y su descendencia.

Así fue como Matarratas supo que Clavo, aquel sirviente pálido, menudo, correoso y medio perdido en sus ropajes oscuros, con sus ojos hundidos y su sonrisita sardónica, era partidario del rey.

El dato no le resultó escandaloso, a decir verdad. Ella, para empezar, no se consideraba realista ni revolucionaria. Sólo se obedecía a sí misma y nada más que su bienestar solía preocuparle. Le daba lo mismo quién dominara las calles de la ciudad, diera las órdenes a la guardia y cobrara los impuestos a los comerciantes, mientras la dejaran en paz.

Además, en su condición de sicaria, sobrevivía en los arrabales de la ciudad, literal y figuradamente, y su entorno solía estar formado por la escoria de Lago: matones como ella (aunque menos hábiles, solía repetirse); prostitutas (a las que compadecía y de las que solía alejarse, por el horror que le provocaban sus vidas); posaderos corruptos y contrabandistas (males necesarios); ladrones (un estorbo), y una multitud de oscuros sirvientes a los que amos ilustres les pedían encargarse "de lo que hiciera falta".

Y en medio de esa capa de hollín y mugre, que se agitaba al fondo de los peores callejones de Lago, quedaban aún, confundidos y olvidados, algunos partidarios de los reyes. No todos habían tenido el dinero, el tiempo y la previsión necesarios para irse detrás de ellos y su ejército.

Matarratas era muy observadora, porque de la precisión de su mirada solía depender su seguridad. Hizo una seña al hostelero para pedirle una cerveza más y dedicó unos minutos a revisar, más o menos disimuladamente, a sus compañeros de mesa. Y aprendió cosas sobre ellos que no se había tomado la molestia de descubrir la primera vez que los tuvo enfrente.

Notó, por ejemplo, que las manos de Agua remataban en unos dedos fuertes, con las yemas anchas y callosas propias de quien ha debido trabajar la infancia entera, de sol a sol. Sus padres las habrían educado en el servicio, a ella y su hermana, y lo más probable era que ellos mismos hubieran sido esbirros también.

Pero las manos de Clavo no eran así. Mostraban callosidades menores, sí, aunque repartidas discretamente en unos dedos largos y más bien finos. El tipo de marcas que dejaban las riendas y las sogas que solían portar quienes montaban a caballo, acompañados por sabuesos, esgrimían armas y lanzaban flechas. Manos de sirviente de lujo, pensó. O quizás, incluso, aunque nada más se lo indicara, ni las ropas ni la información que tenía del hombre, manos de amo.

—¿Eres mozo de cacería, entonces? —preguntó Matarratas con voz inocente, como si lo hiciera de manera casual, convirtiendo en palabras lo que en su mente había sido una rápida serie de imágenes.

Su táctica tuvo éxito, porque Clavo no se inquietó. Incluso miró a la niña sentada a su lado, con sus aires adormecidos, antes de darse cuenta de que la pregunta iba dirigida a él.

—¿Lo dices por mí? Sí, claro, trabajo en eso. Me encargo de los sabuesos del amo Bastión y ayudo también con sus caballos y las armas —reconoció el muchacho, no sin orgullo.

No era una de esas pobres sombras que limpiaban las huellas de fango del amo, cocinaban sus alimentos o alisaban las sábanas de su lecho, sino el cuidador de unos perros cuyos pellejos valían más que el de la mayor parte de los habitantes de la Ciudad del Lago.

—Pero hacías algo más antes —lo probó Matarratas, suavemente—. No naciste con los sabuesos ni hueles a perro. Te ves fino...

Se rio de su propio comentario y se arrepintió enseguida, porque no quería parecer incisiva, delatarse en sus inquisiciones y ponerlo en guardia. Pero tampoco le gustaba que le dieran sorpresas aquellos con quienes fuera a trabajar. Si el sirviente resultaba un monárquico embozado y abundante en problemas con el gobierno, esos problemas podrían llegar a salpicarla.

Porque, antes o después, los únicos caminos que les quedaban abiertos a los partidarios de los reyes en la ciudad, si es que las circunstancias los obligaban a revelarse como tales, eran el exilio o la horca. Y ella no iba a terminar colgada por contagio y culpa de unos nobles altaneros, a quienes no conoció ni apreció y a los que, en realidad, no extrañaba en lo absoluto.

—Fui estudiante —dijo Clavo con vaguedad, quizá dándose cuenta de que las preguntas que recibía no eran casuales, como habían sonado de inicio, sino que trataban de abrirse paso en la bruma de su pasado.

—Los pobres no estudian en Lago y tampoco en el resto de las tierras —reflexionó Matarratas—. A menos de que se vayan con los monjes o los soldados o los tomen como aprendices. ¿Tuviste un maestro perrero?

Clavo, nerviosamente acaso, se llevó el tarro a los labios, aunque no quedaba una gota de cerveza dentro. Agua, por su lado, seguía con la mirada rebotando en las ventanas, como una mosca concentrada en sus piruetas.

—No nací pobre, si es lo que quieres saber. Pero mi padre fue tan torpe que se arruinó y mi madre tampoco sabía hacer nada. Me peleé con ellos y me maldijeron. Así que tuve que acomodarme de alguna manera… —Clavo comenzaba a inquietarse ostensiblemente.

—Pareces laguno, pero no hablas como uno —reviró Matarratas, que intentaba disimular la curiosidad con un inusual tono de coquetería.

Clavo se lamió los colmillos otra vez.

—Soy sureño.

—Tampoco pareces. Yo sí soy sureña. Mira tu piel. No mientas.

—Soy del sur del oeste… De la provincia de las Siete Ciudades —murmuró él, ya del todo a la defensiva.

A Matarratas la removió otra risita. El oeste era un sitio más bien rústico, de aldeas en las que la gente pasaba la vida arando el suelo y rezando al firmamento, y en donde los monjes fueron la mayor autoridad hasta que la Revolución Gloriosa decidió que el país debía incorporar a su dominio todas las tierras conocidas. Y presionaron a las órdenes religiosas para aceptar su hegemonía. Incluso a los seguidores de El Camino de Regreso, unos fanáticos que aspiraban a restaurar la vida previa a la construcción y levantamiento de las grandes ciudades y proponían vivir en comunidades minúsculas de campesinos y criadores de animales.

A cambio de la lealtad de los principales grupos religiosos, los consejeros rectores dieron protección a los templos, sumaron monjes al gobierno (como al miserable de Ancla, pensó Matarratas) y permitieron que los sacerdotes siguieran lucrando con los pobres fieles, tal y como en los viejos tiempos. Los del oeste pensaban que las aldeas que llamaban las Siete Ciudades y que colindaban, o estaban ya metidas de lleno en las junglas, formaban de hecho parte del sur. Pero Matarratas sabía que, aunque comieran los mismos platos y pisaran el mismo suelo que los sureños, había entre ellos diferencias notables.

Los del oeste vivían por los dioses y la familia, mientras que los sureños lo hacían a pesar de esos dioses y esas familias, pensó, divertida. En el rumbo de las Siete Ciudades era todo cuestión de talantes. La gente podría ser pálida, como los del oeste, o atezada, como los del sur, pero por su manera de comportarse era posible distinguir quién era quién. Matarratas nunca pisó esa provincia, pero en Lago se conocía gente de todas partes. Y la gente hablaba. La sangre se habría mezclado, pero los modos eran muy diferentes.

Matarratas había perdido a su familia mucho antes de que nadie le hubiera enseñado nada más útil que limpiar la cocina y barrer los suelos de la casa, y no se conmovió por la historia de Clavo. Desde su punto de vista, aquel sirviente resultaba más enigmático que lastimoso. Incluso su frase de "No nací pobre" sonaba demasiado a "No soy como tú", lo que ya era francamente un insulto.

Los del oeste eran gente cerrada, en general, apiñada en aldeas de campesinos sin imaginación. En la Ciudad del Lago (y en el sur, por supuesto) solían burlarse de ellos con crueldad. Decían que eran todos maricas (porque les gustaba demasiado afirmarse en sus tradiciones viriles, como la de mandar a los hijos mayores a las órdenes militares). Y decían que se casaban con sus primas (lo que era más o menos cierto en comunidades tan pequeñas). No poseían la fama de altaneros de los lagunos ni la de astutos e indóciles de los sureños. Sólo eran célebres por tontos.

—Tú debías ser el loco del pueblo —se burló Matarratas—. No pareces tan del oeste...

Clavo sonrió, quizás iracundo.

—Hace mucho que vivo aquí.

—Pero tus padres están en El Alto, imagino —remarcó la sicaria con ironía.

—Como todos —respondió Clavo, ya gobernado por la irritación.

No los de todos, se dijo Matarratas, claro que no. Ellos, los monárquicos, los del oeste y los ricos de Lago, no son todos, de ninguna manera. Y aunque desistió de seguir con el cuestionario, de momento, porque el interrogado comenzaba a gruñir sus respuestas, se prometió mantenerse en guardia en lo que le correspondiera. El muchacho podría traer problemas, se repitió.

Qué torpes resultaron Ancla y Palma, pensó Matarratas, que no fueron capaces de reconocer a un realista ni siquiera cuando se les sentó en la silla de enfrente, a mitad de su maldito palacio. Pero resultaba claro que estaban concentrados nada más que en las propiedades y dineros que se le podrían decomisar al amo Bastión y sus secuaces, si es que la asesina los exterminaba, y no estaban interesados en nada mejor que su ambición.

Y mejor que no se ocupen de ver las cosas con claridad, o me dejarán sin empleo, pensó Matarratas, risueña. Vivía convencida de que era su cerebro, y no sus estoques y la velocidad con que los blandía, el que la mantenía con vida, próspera y libre en una ciudad repleta de sirvientes y amos.

El alboroto de los Águilas se desvaneció en cuanto los reclutas terminaron sus cervezas y se aprestaron a salir a dar sus vueltas infinitas por las calles. El local volvió a sumirse en el silencio. *Ahora ya puede hablarse de lo importante*, pensó Matarratas, que era experta en no sostener charlas comprometedoras si existía la posibilidad de que las escuchara alguien que no debiera tener noticia de ellas. Cuidarse, cuidarse a cada momento. Una regla, enseñada por el viejo Panal, que guardaba celosamente.

—Y qué vamos a hacer con la niña —le preguntó entonces a su compañero de mesa.

Ni siquiera al oírse mencionar como tema de conversación, la pequeña prestó mayor atención a lo que la rodeaba. Aquel brebaje de los curanderos debía ser fortísimo, pensó la asesina, para mantenerla en ese estado de ensoñación permanente.

Clavo se arremangó la túnica para devorar su carne y su pan con mayores comodidades, y Matarratas advirtió que sus antebrazos estaban limpios de marcas y tatuajes. Lo cual quería decir que no había sido soldado de ninguna de las facciones que habían participado en la Revolución Gloriosa. Y que tampoco formaba parte de alguna orden monacal o de sacerdocio.

Los ejércitos, las religiones, los credos masivos, exigían que sus acólitos se estamparan la piel como reses. Pero aquel sirviente no estaba marcado. Y eso le provocó a Matarratas un mínimo agrado. Luego de su accidentada relación con Ancla, se había quedado sin ganas de tratar con monjes, sacerdotes y profetas. Tenía que hacerlo a veces, por el trabajo, pero prefería eludirlos. Y a los guerreros, como aquellos tipos del otro lado del río que mataron a su familia, no sería capaz de perdonarlos nunca.

—La niña quiere venir con nosotros —reveló Clavo, lentamente, con una mueca de contrariedad—. Lo dijo antes de tomarse el brebaje. Tiene miedo de volver a la casa del amo Bastión.

—En esa casa no estará Bastión, si lo que contaron en palacio es verdad —interrumpió Matarratas—. Pero en la Quinta de La Primavera sí estará y también su corte de comecarnes. ¿Eso quiere: ir a verlos?

El sirviente se encogió de hombros como si tratara de lavarse las manos de la implícita acusación de idiotez que hacía la asesina.

—Qué te digo. La niña quiere su venganza. Son la costumbre y la norma.

Matarratas suspiró. Las leyes de la Ciudad del Lago no estaban escritas ni contenidas en un código, sino que se imponían por la práctica. Los sacerdotes de los diferentes dioses solían justificar, con sus oráculos, cualquier reclamo, si les ofrecían un pago por sus servicios. Y nadie en la ciudad habría detenido a quien pretendiera vengar una afrenta, ni mucho menos la muerte de un familiar o amigo querido.

El hábito de tomar venganza estaba tan arraigado que, de hecho, podía decirse que el negocio de Matarratas existía (o al menos se mantenía) gracias a él. Porque todo aquel que no podía ejecutarla con sus propias manos y se consideraba en desventaja para llevar a cabo una revancha acudía, si es que contaba con suficiente dinero, a uno que pudiera cobrarla en su lugar.

Y no era extraño, por lo tanto, que la gente perdiera lo mejor de sus posesiones y se endeudara para pagarle a un mercenario o matoncete. A veces, de hecho, eran los mismos prestamistas quienes, hartos de esperar el reembolso de una deuda, e indignados por la tardanza en liquidarla, contrataban los servicios de Matarratas y su gremio para que aniquilaran a uno que se había encharcado con ellos para tomar su venganza. Se trataba de un negocio autosuficiente, podría decirse.

—¿No le basta con que mate a su amo sin que ella me pague? —preguntó, desaprobatoria, la sicaria, aunque conocía de antemano la respuesta.

Clavo volvió a encogerse de hombros. Se le daba bien la resignación.

—Si te parece mal que nos acompañe, podemos dejarla con alguien. Un sirviente que la meta en su casa, que le dé todas las mañanas su brebaje y la mantenga en sueños mientras volvemos... O mientras nos matan —razonó el sirviente, burlón.

—Si no volvemos, la matarán de cualquier modo —refutó Matarratas—. Porque Bastión el Gusano volverá y le arrancará la cabeza del cuerpo a todo el que haya tenido que ver con el intento de quitarlo de en medio.

Y se quedó pensativa unos segundos antes de concluir:

—Que venga, pues, y a ver si aprende algo antes de que se la coman. No creo que encuentre un refugio en ninguna parte, mientras el Gusano siga vivo. Yo me voy a mi casa. Prepárense ustedes, si van a dormir en la taberna. Saldremos al amanecer.

Y dejó unas monedas sobre el tablón de la mesa, que Clavo tomó con dedos cautelosos.

—Cómprate una espada, sirviente. Y también algo para que use la niña. Un cuchillo, quizá, que puedas enseñarle a usar por el camino.

Y entonces, Matarratas se dio cuenta de que Agua la miraba, con sus pupilas enormes de loca y la respiración lenta. Le estaba sonriendo.

Las tormentas habían durado días y noches y sacudieron los bosques alrededor de la Ciudad del Lago con un encono que recordaba el de los siervos encargados de retirar, a golpes y ayudados por el mango de una escoba, el polvo de los tapetes en la casa de Bastión.

Cuando la tempestad pasó, al fin, dejó tras de sí una colección de destrozos en la ciudad y sus alrededores: ventanas quebradas y tejas rotas por la mitad en los techos, ovejas faltantes en los graneros a donde, apurados, las condujeron los pastores, y, por todas partes, un suelo anegado de barro y hojas arrancadas por los vientos de los fresnos, álamos y cedros, y restos quemados por el hielo de las agujas de los altos abetos negros. A la vera del camino era posible ver también decenas de nidos secos, abandonados por las aves antes de volar al sur, abatidos de las ramas menos robustas, ahora, por la mano implacable de la tromba y regados allá y acullá como pequeños símbolos de derrota.

El cielo de ese amanecer sin sol era una sábana gris y empapada de la que escurrían gotas que rodaban por la caperuza y el manto ajado que llevaba encima Matarratas. Los cascos del caballo se hundían en el fango o chapoteaban en los charcos sin traza alguna del ritmo que solía percibir en un empedrado bien hecho, esa musiquilla de trote que la serenaba y le daba la sensación de estar haciendo bien las cosas.

95

Delante de ella, mostrándole la ruta, cabalgaban Clavo y Agua. Iban en el mismo caballo, porque la chica no sabía montar y no hubo tiempo para adiestrarla. El sirviente, en cumplimiento de la instrucción de la sicaria, se procuró una espada, que colgaba ahora en su costado, dentro de una vaina sencilla de cuero, y también se hizo con un par de bolsas de alimento, que amarró a la silla de la montura con aire versado. Clavo había preparado tantas salidas de cacería para su amo que dominaba a la perfección el avituallamiento de un viaje como el que emprendían.

Un lento trueno avisó que la lluvia regresaría y que la idea de volver al camino principal probablemente no sería un error. El olor del bosque era sutil, ahogado por el barro y la escarcha, e imposible de apreciar para quien no hubiera nacido allí. Pero Matarratas no era natural de esos rumbos, sino sureña. Nació y creció en la Costa Grande, al lado de Último Mar, y no tenía la menor idea de cómo debería oler un bosque lodoso y desolado, del que hasta osos y lobos parecían haber huido, seguidos de cerca por conejos, venados, zarigüeyas, topos y ratas.

Tampoco le importaba demasiado no ser capaz de apreciar ese paisaje escarpado, hostil y agobiante. Estaba concentrada en seguir la ruta y mantenerse atenta a los sonidos del ambiente, inmersa en la monotonía de las subidas y bajadas y los tumbos del camino.

Desde el amanecer el cielo se hizo negro y comenzó a gotear, y Matarratas, Clavo y Agua, que apenas habían salido de la ciudad, eludieron la llovizna metidos en el granero de unos pastores, que les cobraron demasiadas monedas por el favor de acercarles unos cuencos de espeso caldo de oveja y dejarlos pasar el rato.

Ahora, de nuevo en marcha, a Matarratas la boca le sabía a grasa. Los guantes no acababan de inyectarle calor a sus dedos, agarrotados en torno a las riendas del caballo. Un caballo que, por si fuera poco, apestaba. Igual que el de sus compañeros. Su olor asqueaba a Matarratas: el tufo del sudor del animal convertido en una esencia picante que la menor brisa elevaba. Y, por supuesto, el aroma a estiércol del bosque, que era como un puñetazo que no cesaba de estamparse en las fosas de su nariz. Aun si fuera verano, el bosque estuviera repleto de ramas en flor y cada árbol expeliera sus mejores efluvios para atraer a las abejas, la mezcla de humores, suciedad y mierda habría sido capaz de marearla.

La vida no era así en sus tierras del sur. Había un mar, y decenas de lagos y ríos, aguas hospitalarias, todas, en las que podía uno zambullirse dos o tres o cinco veces al día para soportar el sofoco. El sudor era eterno, pero fresco, y por eso los costeños, pensaba Matarratas, tenían fama de ser más bellos que el resto de los habitantes de las tierras conocidas: porque usaban menos ropas y olían mejor, porque comían pescado y frutos en vez de repletar sus barrigas con carne chamuscada en las hogueras o con esos panes de granos, pesados como tablas, que engullían los del oeste, el Lago y El Alto. Porque los sureños eran limpios y dorados como las estatuas de sus dioses.

Y allá en el sur nadie la llamó nunca Matarratas. Su nombre era Azul y le gustaba que nadie, fuera del imbécil de Ancla, lo hubiera sabido nunca en su ciudad adoptiva. El sur era un sitio verde, hasta el río que lo dividía del resto del mundo se llamaba así, Río Verde, por la cantidad de hojas y lama y musgo de las selvas que sus aguas arrastraban, pero en algún momento las junglas cedían el paso a las arenas y el mar. Y allí todo era azul.

Se quedó embutida en sus pensamientos, en los que ya se colaba el frío, pues se habían marchado antes del amanecer, y ni siquiera el paréntesis de lluvia que pasaron en el granero había conseguido ser lo suficientemente prolongado para que el día rompiera con plenitud. Y así fue que Matarratas no se percató de que el paso de su pequeña comitiva era seguido, desde la espesura, por unos ojos atentos, que no brillaban solamente porque no había disponible un solo rayo de sol para rebotar en ellos.

Se trataba de una banda de salteadores, por supuesto: gente del bosque a la que las espadas y lanzas de los hombres del Lago alejaban de las aldeas y los rebaños, pero que en la espesura se sentía segura. Tanto como para apropiarse de un trozo del tortuoso camino lateral y explotarlo en su beneficio.

Un par de mujeres y un solo tipo serían, desde el punto de vista de esos marginados, presas fáciles y jugosas, aunque, metidos como estaban los tres viajeros debajo de sus capas y sus ropas de invierno, aún era imposible para ellos saber que Matarratas y Agua eran chicas. Las miraron, junto a Clavo, como unas figuras solitarias. Y los bandidos se relamieron la dulzura del botín que se les ponía al alcance de las armas.

Una espada de tamaño medio colgaba en una vaina, a espaldas de la figura encapuchada que cabalgaba detrás, notaron, y era posible que otras más viajaran escondidas entre los pliegues de su manto. Los de adelante eran un objetivo complicado de revisar; aun así, descubrieron la vaina de cuero que sobresalía del costado de Clavo. Pero los salteadores eran tres, grandes y fuertes, y conocían el bosque, y sus rivales iban pensando en otras cosas. Serían fáciles de asaltar.

Eso pensaron, ocultos tras las ramas, y avanzaron con cautela, confiados y perezosos. Y en vez de preocuparse por discurrir la mejor estrategia para abatir a los extraños, eligieron concentrarse en la ilusión. Los excitaba la posibilidad de que los viajeros llevaran encima una bolsa de oro, o de plata, o joyas en el cuello, o anillos en los dedos, o transportaran alguna mercancía preciosa que ellos pudieran luego vender o al menos obsequiarles a sus mujeres.

Incluso un pellejo de vino habría sido una ganancia razonable para el esfuerzo que representarían los cinco minutos de tajos y golpes que calculaban necesarios para derribar a los jinetes y despojarlos de sus aparejos. Y, sobre todo, de las armas.

Más de alguno se vio a sí mismo blandiendo aquellas espadas que alcanzaban a observar. Quizá fueran unas hojas finas, de caballero, con empuñaduras elegantes, que vomitarían pedrería o filacterias de oro y plata. Y quizás el jefe entre los tres, pensaron los ladrones de menor rango, dejaría que se las jugaran a las suertes, si es que no recompensaba con una de ellas al que asesinara a su actual poseedor.

Porque con los caballos no podían contar. Serían, sin dudarlo, un premio para el mandamás. No muchos, en aquellos bosques, poseían uno de esos animales adiestrados y corpulentos, con el pelaje color arena y la crin bien peinada. Los estribos y bridas y el mantillo valdrían un buen dinero en el mercado del pueblo más cercano. No, no había exceso de caballos por allí. O habían muerto en el fiasco de la invasión a El Alto, o la tentación invernal de comérselos, cuando los comerciantes dejaban de llegar y los caminos nevados impedían salir por comida, resultaba ser excesiva.

Los jinetes habían avanzado unos pasos más, desesperantemente lentos, cuando, al fin, los bandidos salieron, morosos y torpes, de la enramada y les cerraron el paso, como custodios de una puerta invisible que volvieran a su puesto. Pudieron verlos a la luz del sol que finalmente asomaba entre la arboleda.

Eran tres hombres cubiertos con ropas remendadas, sus miradas desbordaban altivez y las posturas de manos, cabezas y espalda se enderezaron repentinamente cuando estuvieron en posición. Se sentían poderosos. El que se puso al frente de la tropilla era un calvo, con un remedo de barba gris ensuciándole las mejillas, y claramente más viejo que los otros, tan sólo unos muchachos melenudos, hirsutos y con los dientes sucios, que mostraban un amago de sonrisas.

El de adelante se cruzó de brazos cuando Clavo detuvo, perplejo, el paso de su montura. Matarratas, que venía detrás, lo imitó, y se maldijo a sí misma por haberse extraviado en sus reflexiones y permitir, así, que los tomaran por sorpresa.

Sólo el murmullo de las gotas que caían desde el cielo o de las ramas bajas de los árboles, con un incesante *tuc, tuc, tuc,* estropeaba el silencio. Los bandidos llevaban garrotes en las manos y de sus cinturas colgaban además hachas y cuchillos. Ninguna espada, desde luego, porque las espadas eran armas de citadino, pensó Matarratas, en un relámpago.

Serían pastores arruinados o tipejos expulsados de sus aldeas por violar muchachas o robarse el dinero de la hucha del templo. O por haber sido monárquicos, agregó, con una risita silenciosa. *Siempre hay escoria suelta*, pensó, aún sin asustarse, porque eran tres y su maestro Panal la había entrenado para enfrentarse a grupos incluso mayores que ése, y compuestos por tipos más peligrosos.

—Está cerrado —dijo el jefe, con voz de cerdo furioso.

En sus no tan lejanos años como pupila de Panal, Matarratas aprendió el protocolo que debía observar un asesino cuando enfrentara a un conjunto de enemigos. Según lo teorizado por su maestro, era una estupidez combatir hasta no tener la plena seguridad de que existía un peligro que no fuera evitable mediante palabras, promesas o soborno. Panal era un tipo encorvado y mezquino, ortodoxo de unas reglas que forjó sobre la base de medio siglo de matar lagunos por dinero, y Matarratas estaba segura de que esa astucia suya debía haber sido causante directa de la muerte de una pequeña multitud de tipos que pensaron que podían tomarle ventaja.

Así que, al verse detenida, y con suavidad, adelantó su montura, interponiéndose entre los bandidos y sus compañeros, y desenvainó un cuchillo que llevaba amarrado al pecho. La vaina era de cuero y el acero de la hoja no hizo sonido alguno al brotar. Su caballo, sin embargo, parecía entender lo que significaba que un cuchillo asomara al aire, y reparó y bufó. Una nube de vapor salió de sus ijares. Matarratas vio, sin placer, que el animal estaba sudando a pesar del frío.

—Está cerrado —gruñó, de nuevo, el calvo y esgrimió el largo palo, parecido a la garrocha de un barquero, hacia los jinetes, como amenaza. Los melenudos que lo escoltaban soltaron unas risitas.

¿Un garrote que te apunta a la garganta, así esté a tres metros de ti, puede considerarse una amenaza de daño suficiente como para tomar una medida de réplica inmediata? Ése era el tipo de pregunta que Panal le habría hecho a Matarratas, durante sus años de estudio.

—Abran el paso o les va a ir mal —explicó ella, con voz templada.

Panal consideraba que un asesino debía tener una personalidad recia y se había encargado de moldear y modular las inflexiones de su pupila desde que era una adolescente.

Gracias a sus recomendaciones, el timbre le cambió. Su voz era ronca y clara y podía hacerla sonar muy amenazante si lo necesitaba.

Los tipos la oyeron y permanecieron inmóviles. Quizá, pensó ella, serían razonables y los dejarían irse. Pero eso habría sucedido si fueran aldeanos, pastores o campesinos dóciles a los que nada pudieran quitarles que no les hubieran quitado ya. Pero en aquellas colinas boscosas y estériles en donde sólo había pobreza, bestias nocturnas y arboledas enmarañadas, unos bandidos, por definición, no estaban obligados a seguir las leyes del resto de los mortales: habían renunciado explícitamente a ellas. Las vidas de los paseantes no les importaban en lo absoluto.

El calvo se encogió de hombros y replegó su garrocha. Se apoyó en ella y se rascó la cabeza, como si pensara. A sus colegas, de pie a sus espaldas, se les acabaron las ganas de reír. Ahora clavaban las miradas en Matarratas. Estaban, los tres, fascinados por su voz. Porque, sin necesidad de mostrar la cara o el cuerpo, al hablar, Matarratas se había revelado ante ellos como mujer. Y una mujer con acento indudablemente sureño.

Las caravanas de comerciantes pasaban por esas tierras, en los tiempos de calor, y los habitantes del bosque y las aldeas conocían de sobra a las mujeres de pieles doradas y ojos apacibles, muy distintas a las fieras y fuertes y maldicientes damas de su comarca.

—Deberíamos jugárnosla entre nosotros —dijo uno de los secuaces.

Su compañero tenía la respiración agitada y los colmillos afilados le asomaban por las comisuras.

—Primero yo —gimió.

El calvo sólo supo encogerse de hombros.

—Podría ser que les permitiera jugárnosla —dijo, haciéndose el interesante—. Pero veamos quien más viene con ella. ¿Serán mujeres también?

Alguien que no fuera Matarratas se hubiera puesto a temblar en la silla de su cabalgadura, y, de hecho, la pequeña Agua se aferró a los hombros de Clavo al oír las frases del hombre, y el muchacho se removió en la montura, espantado. Pero a Matarratas le habían enseñado con todo detalle a mantenerse serena en circunstancias así. Una asesina tenía que convivir todo el tiempo con el riesgo de ser atacada, lo mismo en un páramo que en una aldea, y lo mismo en un cuartel militar que en el palacio del señor en turno.

A algunos no les gustan las mujeres con voz educada y una espada al hombro, y a otros les gustan demasiado, solía decirle Panal, a quien sus propias frases desoladoras le provocaban pequeños eructos de risa, que estallaban como flamazos, cinco o seis por vez.

—Quítense —dijo ella, sin emoción en la voz—. O mueran.

Panal le dijo siempre que le estaba prohibido lanzar amenazas, a menos que estuviera en condiciones de cumplirlas. Y ella lo estaba.

Se guardó lentamente el cuchillo y, de un tirón, desenvainó la espada que colgaba de su hombro. El caballo se encabritó y el calvo, frente a ella, se asustó tanto ante sus cascos y sus reparos que la garrocha se le escurrió de los dedos.

Pero cuando Matarratas estaba a punto de atravesarle la garganta (cosa que hizo, desde luego), escuchó el zumbido de una flecha que pasaba a su lado. La saeta se clavó en el ojo de uno de los secuaces, aquel que se había relamido primero ante la posibilidad de tenerla entre sus brazos.

La asesina, desconcertada, se volvió, sólo para ver que Clavo, de pie en los estribos de su montura, y con la aterrada Agua a medio colgar en los hombros, había sacado de alguna parte una pequeña ballesta de mano y, luego de su primer disparo, ya apuntaba de nuevo. Un segundo zumbido de flecha resonó en los oídos de Matarratas y el otro bandido, que trataba de alejarse, fue alcanzado en la espalda y cayó de bruces al lodo, bajo la sombra de un encino.

Este maldito monárquico no puede ser sólo un cuidador de perros, pensó Matarratas y frunció el ceño. Y se bajó del caballo para constatar las muertes y, de paso, limpiar su hoja en las ropas del jefe, quien, caído sobre su costado, tenía los ojos perdidos en esa nada negra que miran quienes han sido empujados a las manos de los dioses.

V

Matarratas trataba de dominar el panorama, agazapada tras los árboles que se arracimaban en lo alto de una loma del bosque. Abajo, quizás a unos doscientos pasos, se abría un claro, un círculo que había sido limpiado de vegetación a hachazo limpio ya varios años atrás.

Allí se levantaba la casa principal de aquello que los sirvientes denominaban la Quinta de La Primavera del amo Bastión. Alrededor de ella se apretaban unas cuadras para el reposo de las monturas y un corral de gallinas, a primera vista abandonado.

También eran visibles un pozo de agua, con el cubo y la respectiva cuerda bien acomodados en el borde de piedra, una letrina algo apartada del resto de las construcciones (sus hedores debían ser insoportables) y un pequeño montículo de ladrillos requemados que, a la distancia, parecían dar forma a un horno de pan.

—Es un horno, pero no parece que alguna vez lo usaran —confirmó Clavo, acuclillado a un costado de la sicaria—. Por lo general, los invitados y los sirvientes del amo comen lo que se caza, hasta donde sé. Si quedan sobras, se salan y se empacan.

De la chimenea de la casa principal asomaban unas tenues volutas de humo, pero ninguna otra actividad era perceptible desde el punto de observación en la loma. Tendrían que acercarse si esperaban dar con mayores datos del paradero del amo y sus huéspedes, pensó Matarratas. Pero no tan pronto.

Había que pisar con cuidado. Su instinto y su entrenamiento le indicaban que, antes de actuar, era mejor tener contados y situados a todos los que estuvieran por allí. Matarratas era una asesina y no una guerrera que fuera a abrirse paso a mandobles en mitad de una tropa de tipos armados. Lo ideal era tomarlos por sorpresa, y mejor aún si podía hacerse de uno en uno. Clavo llegaría a ser de cierta utilidad en el combate, como había demostrado, pero la prudencia indicaba proceder poco a poco y no arriesgarse en vano.

El sirviente le había propuesto a Matarratas hablar discretamente, antes que nada, con sus colegas que acompañaban a la comitiva, es decir, Arena y Torreón, para que no se interpusieran en la intentona de ataque. Ambos eran viejos monárquicos y no querrían ninguna clase de problemas con el consejo rector de la ciudad, dijo el cuidador de perros. Y no era una mala idea, pensó la asesina. Aunque eso dejaba aún pendientes por despachar a cinco cazadores, los amigos del amo, y eso, antes siquiera de enfocarse en acabar con él: la razón por la que estaban allí.

Unos pocos pájaros trinaban y el viento, ocasionalmente, agitaba las hojas de los robles o sacudía las agujas de los pinos. La asesina había dispuesto que los caballos se quedaran atados a unos troncos cubiertos por sombras, a media legua de allí, para evitar que sus relinchos, reparos o piafidos pusieran sobre alerta a aquellos a los que esperaba tomar por sorpresa.

El olor de la vegetación era mareante. La Ciudad del Lago apestaba a humores humanos, a la grasa de la comida frita, al humo de los hogares y la descomposición de los restos. Pero el bosque no era un sitio menos hostil y la mezcla de aromas vegetales, desechos y carroñas podía resultar incluso más picante para la nariz.

Habían discutido un par de veces, Matarratas y Clavo, sobre el plan que tratarían de llevar a cabo. Clavo sugirió que Agua se quedara atrás, con los caballos, para darle la opción de escapar si es que ellos fallaban. Pero la asesina se opuso. Pensaba que la chica sería un blanco demasiado tentador para cualquiera, ladrón o simple campesino, que atinara a pasar por allí. Ya era demasiado riesgo haber abandonado a las monturas a su suerte, aunque fuese en aquella parte poco transitada del bosque, como para dejar además a una chica indefensa. Y, además, bonita y educada, por la que se saltarían los ojos de un paseante común.

—Enséñale a pelear —le dijo el sirviente, y a Matarratas se le escapó una risita desdeñosa.

Ella había llegado a Lago más o menos a la misma edad que tenía Agua para aquel entonces, o quizás incluso antes, y su entrenamiento se extendió por años. Y el primer punto de cualquier instrucción era el principal que se le inculcaba a un chico al ponerle un arma en la mano: hay que saber luchar, pero es mejor saber cuándo no hacerlo. La pelea debería ser una excepción, un extremo. La norma era sobrevivir lo más sano posible.

—No es momento de enseñarle nada —respondió la sicaria y dejó muy en claro que Agua iba a acompañarlos.

Pero la idea de que la muchacha pudiera defenderse, si era indispensable, continuó repiqueteándole en la cabeza.

Por eso, aunque la instalaron en una cercana hondonada, con un pellejo lleno de agua y un cuchillo en la mano, Matarratas quiso darle, antes de irse, un par de indicaciones sobre cómo empuñar la hoja.

Para su sorpresa, Agua le aseguró que estaba más que enterada de lo que significaba usar el cuchillo. Uno de los mozos de las cocinas le había enseñado a hacerlo, aseguró. Su trabajo en los corrales y las cocinas le había enseñado a abrir las carnes de los puercos y las gallinas, a pelarlas, mutilarlas y limpiarlas, y el principio, en el fondo, era el mismo. *Le pagué con unos besos*, dijo orgullosa, y a Matarratas casi le gana la risa. Porque una gallina no iba a defenderse a espadazos, pensó, ni a agredirla primero. Pero, sin duda, aquel entrenamiento pagado a besos era mejor que nada.

La dejaron allí y, sin prisas, subieron a la loma. Las nubes negras de los últimos días habían menguado y el sol del mediodía les arañaba la piel. Y, con todo, el aire era helado. Vaya día que llevaban encima, pensó Matarratas. Aunque salieron temprano de la Ciudad del Lago, incluso antes de que el sol apareciera en los cielos, el trayecto a recorrer había sido considerable y tuvieron que dejar el camino principal de inmediato e internarse en las arboledas. Y, luego, la aparición de los salteadores los había distraído más de lo conveniente.

—Es un poco aterrador que no canten los pájaros ni zumben los bichos ni se escuche nada —susurró Clavo, cuando llegaron a lo alto del promontorio.

—Los aterradores somos nosotros. Por eso se callaron —informó Matarratas, que aunque se consideraba una mujer de ciudad, luego de tantos años de ejercer sus negras artes en Lago, había nacido y crecido en el sur, en una aldea minúscula, cerca de un río y del mar, y tenía bien conocidas las costumbres de las alimañas.

Un hombre enorme salió entonces de la casa, con pasos largos y decididos. Luego de un instante de sobresalto, Clavo se dio cuenta de que no era otro que Torreón y así lo informó a su compañera. El sirviente llevaba en las manos una olla que desbordaba de huesos animales y avanzó por el pequeño sendero que llevaba a la letrina. Matarratas le dio un codazo en las costillas a Clavo, animándolo a movilizarse.

—Baja y habla con él —le indicó.

—No me parece que sea el mejor momento —respondió él, de inmediato, con la obstinación de un muchachito al que mandaran a ejecutar una tarea ingrata.

—Dijiste que podías convencer a tus amigos de no meterse. Y deberías, además, sacarles más información. Ve. No vamos a tener tanta suerte de nuevo.

El sirviente hizo un gesto de desagrado, pero se puso en pie y comenzó a descender la loma por la cara opuesta.

Los árboles comenzaban a hacerse escasos a la mitad del declive, hasta desaparecer del todo al pie de la loma. Y una vez allí, Clavo silbó discretamente, pero de manera que Torreón no tuviera más remedio que darse cuenta de que lo llamaba.

El enorme tipo, con el rostro picado por sus viejas viruelas, no hizo ademán alguno de sorpresa, aunque en vez de meterse a la letrina y arrojar los huesos de su olla, siguió de largo, la rodeó y se encaminó al borde del claro. Allí, en una zanja, vació su receptáculo. A un buen sirviente (y él lo era) jamás se le iba de la cabeza la tarea que le ha sido encomendada, aunque las circunstancias se interpusieran en su camino.

Clavo y Torreón se reunieron detrás del árbol más cercano, un ancho roble que elevaba sus ramas hacia todos lados.

Intercambiaron murmullos y dieron manotazos al aire. Desde el punto de vista de Matarratas, era evidente que Torreón no entendía bien lo que le era explicado, o no estaba tan de acuerdo en acatar las peticiones como había pensado su colega.

Sin embargo, luego de que Clavo, casi fuera de sí, se enderezara ante él como un gallo de pelea lo habría hecho enfrente de un oso (y Torreón ameritaba la comparación), y lo tomara por el cuello de la camisa, jalándolo por debajo de la capa que llevaba, el siervo pareció comprender, al fin. Se sacudió a Clavo de encima como habría hecho con una mosca, pero asintió, inclinando la frente con profundidad y encajando la barbilla en el pecho.

Sin decir más, volvió por donde había venido con la olla vacía en las manos y, rodeando una vez más la caja de madera de la letrina, se encaminó a la casa.

Clavo regresó a la loma lo más pronto que pudo, escurriéndose a momentos en la tierra floja de la cuesta, tomando puñados de hierba y jalándolos para impulsarse, antes de recuperar la compostura y alcanzar la arboleda. Unos instantes después, se acomodó junto a Matarratas, quien aún no se había movido de su puesto, o apenas lo suficiente para escrutar la escena recién concluida.

El sirviente se sentó con la espalda recargada en un árbol, resoplando por el esfuerzo de trepar.

—El amo Bastión no está ahora mismo. Vino un hombre armado a verlo y él se lo llevó, más allá del río, apenas desayunaron. Debe de ser el dichoso guardaespaldas. Planeaban volver a la caída del sol, me dicen. Los demás están bebiendo vino de bayas en el salón de la casa. Los sirvientes irán por agua al río en unos minutos, porque la del pozo tiene un sabor amargo y los invitados no la aceptan. Ése podría ser el momento para entrar.

Matarratas escuchó en silencio las informaciones y comenzó a prepararse para lo que pudiera ocurrir. Le quedaba claro que Clavo tenía buena puntería con la ballesta, aunque aún no había llegado el momento de que le explicara a la asesina cómo diablos era que un mero cuidador de perros sabía tirar de aquel modo.

Su monarquismo no era, sin duda, el único rincón oscuro en la vida de su provisional camarada, y eso avivaba la inquietud de Matarratas, a quien no le gustaba trabajar a ciegas. Ella también tenía entre su armamento una de esas lanzadoras, claro, pero incluso con la sorpresa y una buena velocidad de recarga, acabar con cinco tipos a flechazos no sería sencillo.

Uno o dos podrían sobreponerse a su incipiente borrachera y ser capaces de esgrimir espadas o lanzas ante ellos, porque se trataba de cazadores, finalmente, no de unos ladrones medio imbéciles como los que acababan de despachar.

Necesitamos separarlos en grupos, calculó Matarratas. Aprovechar si uno salía a la letrina y acabarlo allí. Y eliminar también a los que fueran a buscarlo. Con un poco de suerte, podrían quitarse a dos o tres de encima y asaltar la casa sólo para acabar con el resto. Y esperar ocultos el regreso de Bastión y su acompañante...

—¿Alguna idea de quién puede ser el guardaespaldas famoso? —dijo la asesina a Clavo, que había recobrado el resuello y bebía de un pellejo de agua que llevaba consigo.

El sirviente se encogió de hombros.

—Torreón no lo sabe. No lo había visto antes, dijo, ni lo vio bien esta vez, porque aún no amanecía del todo a su llegada.

111

Sólo vio a un jinete armado, que no entró a la casa; esperó a Bastión en su montura y el amo lo alcanzó y se fueron al bosque... Quizá parlamentarán allá. No creo que Bastión sea del tipo que delibera frente a quien sea, sobre todo si busca guardaespaldas porque tiene miedo de una conspiración.

A Matarratas le daba mala espina todo el asunto. Pésima. Había aceptado la guía de Clavo y la compañía más bien angustiosa de Agua, aunque prefería trabajar sola, porque uno sabía la ruta hacia la quinta y podía ser útil para obtener informes (y ahora sabía que también para luchar), y la otra había defendido el derecho de vengar a su hermana, tan detestablemente muerta por Bastión. Pero la presa no estaba en la jaula y había demasiada gente involucrada...

Su mente comenzó a girar a gran velocidad, porque su instinto de conservación era más afilado que sus estoques. ¿Y si Bastión estaba sobre aviso y les tenía una emboscada lista? ¿Si todo se trataba de alguna treta de Ancla para deshacerse de ella? Matarratas se detuvo en ese punto, antes de desbocarse más. El monje se había vuelto un hombre vil, consideraba ella, pero más allá de dejarla para unirse a su orden militar, jamás había intentado hacerle el mal. Respiró hondamente y se serenó. Nadie dijo que iba a ser fácil el trabajo. Pero el cobro lo ameritaba. Si volvía con una bolsa llena de cabezas a Lago, se ganaría una fortuna.

—Allá van Torreón y Arena, hacia el río —dijo Clavo en ese momento.

Era verdad. El hombre alto y la pequeña mujer, bien cubiertos bajo sus ropajes, salieron de la casa. Tiraban de un pequeño carromato en el que habían instalado varios cacharros que llenarían en el río, cuyo meandro más cercano se encontraba, estableció Clavo, a un buen trecho de camino.

Los siervos recorrieron un sendero sinuoso, medio cubierto de hojarasca y matas espinosas, que se introducía al bosque en la dirección opuesta a donde eran espiados. Arena volvía la cabeza nerviosamente hacia todos lados, como si esperara ver un ejército lanzándose sobre ella. Quedaba claro que Torreón la había puesto en antecedentes.

—No les avisé que mataremos al amo —reconoció Clavo, con culpabilidad—. Sólo dije que alguien del palacio mandó detenerlo. Pero no intervendrán. Saben lo que les conviene.

Matarratas lo miró con curiosidad. El sirviente reconvertido en traidor a paga estaba agazapado junto a ella y miraba hacia la casa sin pestañear.

—¿Quién lamentaría perder un amo así?

Clavo entornó los ojos, como si le molestara explicar algo evidente.

—Tú no tienes amo, sólo clientes. Para un servidor, quedarse sin amo es quedarse sin nada. No hay muchos en la ciudad que paguen por trabajos como los que hacemos. Están todos...

—En El Alto —completó Matarratas.

La idea le pareció singular. Siempre dio por descontado que las huestes de la revolución habrían estado a reventar de sirvientes como aquellos, inconformes con tirar del carro mientras los amos gozaban del vino, las carnes y el reposo.

Pero, al parecer, había también otros para los que una vida sin amo representaba tener que buscarse otra manera de sobrevivir. ¿A quién le cuidaría los sabuesos Clavo, si Bastión moría? ¿A quién le cepillarían los caballos los demás? Pero no era momento de filosofías, pensó Matarratas. Era la hora de comenzar a desgranar la mazorca.

—Baja allá de nuevo —le dijo a Clavo—. Yo iré detrás de ti. No creo que los invitados distingan a un sirviente de otro si están ya bien bebidos. Saca a alguno de la casa, con cualquier pretexto, y empecemos a resolver esto.

Clavo la miró durante un momento, como si fuera a negarse o a replicar la orden, pero dobló las manos. Volvió a ponerse en pie, trabajosamente, porque la tierra se desplazaba debajo de sus botas, y se puso en marcha.

¿Qué demonios ganará él con todo esto?, se preguntó tercamente la asesina. Porque la recompensa del palacio seguramente sería buena, pero ¿de qué viviría el perrero, luego de la muerte de Bastión? Y como no encontró una respuesta convincente de momento, se prometió que, si lograban salir vivos de la Quinta de La Primavera, trataría de averiguar lo que ocultaba el monárquico.

Las cosas, sin embargo, no salieron como estaban calculadas. Porque, por segunda vez, Clavo desbordó el plan de Matarratas y la obligó a hacer lo que no deseaba.

El perrero bajó de la loma con mayor parsimonia que en la primera ocasión, como si rebosara seguridad. El plan era que dejaría las armas convenientemente ocultas bajo su capa hasta que fuera el momento de usarlas. Llevaba una espada en la cintura, una daga corta al otro lado del fajo y la pequeña y letal ballesta de mano: nada mal para un sirviente que cuidaba sabuesos.

Si sentía, al acercarse, que su aspecto podría resultar amenazador para los invitados del amo Bastión, se detendría a envolver las armas en la capa y a ocultarlas detrás de algún matorral, y se presentaría en la puerta con sus ropas de sirviente. Se colaría a la casa principal y anunciaría, con voz lastimera, algo que distrajera a los invitados y orillara a uno o dos a salir al aire libre. Que Torreón y Arena habían caído en manos de unos bandidos, por ejemplo, y se necesitaba el auxilio de los caballeros para rescatarlos.

Si Matarratas conocía bien al tipo de hombres que serían los invitados, es decir, lagunos de alta cuna reconvertidos en entusiastas seguidores del consejo rector, un par de ellos (no más, porque unos humildes bandoleros del bosque nunca ameritarían que toda una mesnada se lanzara por ellos) dejarían sus vasos de vino a medio beber y saldrían al aire de la tarde para socorrer a los sirvientes de su amigo. Y una vez que se alejaran de la vista, porque quizás alguno de los compañeros se asomaría a la ventana para verlos partir, la asesina llegaría a ellos. Y discreta, deslizándose entre los árboles, los liquidaría con tajos bien dirigidos.

Pero no: Clavo jamás se detuvo a envolver sus armas, sino que avivó el paso rumbo a la finca. Y Matarratas, quien había descendido de la loma, entretanto, pero sin exponerse a la vista, pues seguía al cobijo de la enramada, tardó unos segundos en darse cuenta de lo que estaba por suceder.

Y desenvainó sus estoques, maldijo al monárquico y a sus antepasados y se lanzó a la carrera a la casa. Porque Clavo empuñaba su ballesta, ya cargada, y su actitud era la de alguien que va a tumbar la puerta, cualquier puerta, de una patada.

La sicaria era rápida como un gato, pero aun así le costó cierto tiempo atravesar el claro, a campo traviesa, para evitarse las vueltas del sendero que conducía a la puerta. Se escuchaban gritos, maldiciones y el sonido inconfundible del metal que choca con otro como él. ¿Quién diablos era aquel sirviente frenético, que se comportaba como un apocado, pero al momento de combatir se transmutaba en un demonio?

Un laguno de barbita negra salió de la casa con una flecha clavada en el hombro. Mantenía suficientes fuerzas aún como para correr rumbo a las cuadras. Quizá querría montar su caballo y huir, o quizá cabalgaría hasta dar con el amo Bastión para rogar su ayuda. *Ahora mismo, estos idiotas creen que somos los bandidos del bosque*, pensó Matarratas. Y sin dejar su avance, lanzó su daga por los aires y alcanzó al tipo en la yugular.

El hombre se detuvo y retiró la mano de la primera herida para llevarla a la nueva. Pero la puntería de Matarratas era mejor que la de Clavo y la trayectoria de su hoja había sido fatal. El tipo cayó de rodillas, pesado como un tronco, y luego se fue de lado. Quedó en el lugar, exánime. Un charco de sangre le fue creciendo en torno a la cabeza.

El segundo laguno asomó por la puerta. De espaldas a Matarratas y retrocediendo, no se dio cuenta de que presentaba el dorso como blanco fácil. Agitaba un espadón por encima del cuello y resoplaba. Quizá tomaba distancia para lanzarse al asalto (se necesitaba espacio para blandir un arma de aquel tamaño) o pretendía alejarse de la línea de combate. Matarratas calculó el golpe para que el estoque de su mano izquierda le atravesara un pulmón. Eso debería ser suficiente para derribar incluso a un laguno grandote, como aquél, dedujo.

Sin embargo, el sujeto giró, para ponerse de lado, justo en el momento de recibir el piquete, así que el estoque de la sicaria le entró al cuerpo por la axila y descendió rumbo a sus tripas, arañando, al pasar, su espina. La hoja se dobló sobre sí misma, rebotó en la solidez del hueso y Matarratas se vio empujada hacia atrás. El tipo pegó un alarido espantoso y la chica se apresuró a encajarle, ahora, ambos estoques en los lados de la garganta para que se callara.

Se produjo una explosión de sangre que inundó las manos y los antebrazos de Matarratas. *Maldito asco*, pensó ella, mientras extirpaba sus hojas.

La casa estaba iluminada por una lámpara de aceite y las bailarinas llamas de una chimenea. Un tercer cazador yacía clavado por dos flechas en el respaldo de una silla. *El monárquico no acertó bien a la primera y lo remató,* pensó, instantáneamente, Matarratas. Pero tuvo que dejar de reconstruir lo sucedido porque una sombra se precipitó hacia ella, y su instinto la hizo disparar su propia ballesta de mano a la derecha, para acertar a quien fuera que le brincaba encima.

Era un jovencito, un laguno pálido y lampiño, y la flecha se le metió por el ojo. Alcanzó a soltar su garrote y se llevó las manos a la cara, pero sus pies, erráticos, tropezaron, y rodó por los suelos. Matarratas hizo un gesto de horror que ya muy rara vez dejaba brotar a su cara y apretó los ojos. Quizá sería capaz de recordarlo, pero era el mismo gesto que se le había escapado cuando Ancla anunció que se uniría a la orden militar y se iría de la casa que compartían.

No había tiempo para remembranzas. El último de los cazadores presentes tenía arrinconado a Clavo. Era obvio que su destreza como esgrimista no era excesiva, pero su espadón, muy similar al del compañero al que Matarratas había matado por la espalda, imponía su distancia. Un solo roce del mandoble podía ser el fin. Clavo estaba incrustado en un rincón, apenas protegido por una estantería de madera, y esquivaba los tajos que le lanzaban a la cabeza y el brazo. Su corta espada no alcanzaba a inquietar a su oponente.

Bien le vale a este imbécil tenerme aquí, pensó Matarratas. Y se tomó unos instantes para recargar la ballesta de mano y apuntar a la rodilla del laguno. La flecha voló en línea descendente y se le incrustó por atrás, rasgando sus tendones y obligándolo a perder pie y quedar semiinclinado.

Un simple argh. No alcanzó a decir otra cosa, porque, al bajar su espadón, Clavo supo emerger de su encierro y encajarle en el pecho la punta de su propia arma.

Así, el último de aquellos enemigos fue abatido.

El sirviente se derrumbó en el rincón. Empapado en su propio sudor, salpicado por la sangre de las víctimas y, a todas luces, al borde mismo de su resistencia, perdió la mirada en el fuego. Su pecho se hinchaba y desinflaba como un fuelle y su boca se abría por la desesperada necesidad de jalar aire. Matarratas le concedió unos minutos de reposo, mientras hacía un recorrido de rapiña por los cuerpos y se aseguraba de que no quedara un solo herido o algún fingidor. Pero no: sólo quedaban cadáveres.

Y todos eran ricos, pensó la asesina, arrancándoles de los miembros yertos pulseras, esclavas, sortijas, cadenas y hasta un par de aretes de oro. Una recompensa más que merecida para el rápido esfuerzo de deshacerse de ellos.

—Si fuéramos socios, te dejaría quedarte con las joyas de dos —le dijo a Clavo, con humor—. Pero como eres un imbécil suicida, que casi logra que lo maten, y como te salvé el cuello, me lo quedo todo —agregó, mientras retacaba los tesoros en la bolsa de cuero que reservaba para los despojos de las víctimas y siempre llevaba prendida del cinto.

Con la vista fija en sus manos temblorosas y el aliento muy lejos de recuperarse, Clavo no fue capaz de interponer un solo alegato en su favor. Él había matado a uno de los cazadores, sí; y había rematado a otro, al que Matarratas ya tenía abatido. Y dejó baldado a un tercero, al que la asesina liquidó con el preciso lanzamiento de su daga. En otra circunstancia, se hubiera detenido a reclamar una parte, pero prefirió aceptar las cosas tal y como estaban.

—Ponte de pie y ayuda a esconderlos, que los necesitamos fuera de vista cuando lleguen Bastión y el otro —ordenó, de nuevo ceñuda, Matarratas—. Los meteremos aquí y nos esconderemos en la loma. Cuando el Gusano y su guardaespaldas los encuentren, saldrán a buscar a los asesinos. Entonces caeremos sobre ellos.

Clavo consiguió erguirse, aun resoplando y limpiándose el sudor de la cara con el revés de la manga, y se tambaleó fuera de la casa para comenzar a jalar los cuerpos al interior, tal y como le había sido indicado.

Matarratas no tenía intenciones de auxiliarlo en el empeño, desde luego, pues consideraba que bastante había hecho con sacarlo del apuro en que él mismo se había metido. Se dedicó a curiosear por la casa.

Eran evidentes los esfuerzos de Torreón y Arena para limpiar la estancia de polvo y ceniza (que aquel tiro tan abierto de la chimenea hacía inevitables). Los ropajes y enseres de los muertos, descubrió, estaban ordenados junto a unos catres de madera recubiertos por esterillas de lana. Eso bastaba para dormir bien, y sin frío, si no faltaba leña en el hogar, pensó la asesina.

Las armas que encontró por ahí eran las habituales de las partidas de cacería: arcos largos, lanzas para hurgar en los matorrales y espinos, dagas para rematar a las presas cortándoles la garganta, etcétera. No eran baratas, pero tampoco tenían adornos excesivos. Y quizá todas serían, en realidad, propiedad de Bastión.

Una gran cama de madera blanca, rematada por una cabecera tallada, era sin duda el lecho del amo. A sus pies, un rollo de ropa de dormir parecía la única pertenencia suya que no pudiera ser considerada un arma. Nada de interés, nada que echarse al bolsillo, lamentó la chica.

Y se volvió para ver que Clavo había erigido una montaña de cuerpos frente a la chimenea y se afanaba en limpiar los rastros de sangre ayudado por la capa mojada de uno de los caídos. A Matarratas le pareció inútil tanta preocupación, que atribuyó al carácter servicial inculcado en el monárquico. Después de todo, Bastión y su amigo entrarían allí y verían la carroña. ¿Para qué disimularles la sangre?

Clavo, otra vez agotado, abandonó la capa anegada de fluidos junto a los cadáveres y se precipitó a la palangana más próxima para lavarse cara y manos. Luego, al ver que había arruinado el agua al enjuagarse, suspiró y se bebió un largo trago del pellejo que aún llevaba encima, hasta agotarlo.

Severa, y aún molesta, Matarratas lo esperó a la salida de la casa. Había ocultado de la vista el resto de las armas y se cubría del viento, que comenzaba a hacerse más y más fresco a medida que el sol descendía en el horizonte.

—Volvamos a los árboles —dijo la asesina y echó a caminar con pasos felinos.

Clavo quiso imitarla, pero le dolían demasiado las manos, los pies y la espalda como para mantener el ritmo. Así, tropezándose con las piedrecitas del camino, y todavía sacudido por la batalla a la que se había lanzado sin reflexionar, la siguió hasta que alcanzaron las faldas de la loma y escalaron, una vez más, al escondite entre los árboles. No subieron la cuesta entera esta vez: llegaron sólo hasta donde no se les pudiera ver fácilmente desde la casa o el claro.

—Hiciste bien en no apagar la chimenea —mencionó como por casualidad Clavo, queriendo congraciarse—. Lo habrían notado enseguida, al volver.

Ella no le hizo ningún caso, concentrada en ocultarse tras un cedro, cuyo tronco estaba recubierto de orquídeas y enredaderas. Una madriguera estupenda para esperar el regreso de las presas.

El sol, indudablemente, caía. El aire del bosque pasó de frío a congelado y Matarratas se descubrió divagando sobre el horror que sería pasar la noche a la intemperie. No sería la primera vez en su vida que lo hiciera, y ni siquiera la primera en invierno, pero nunca sucedió más allá de los muros de la Ciudad del Lago. Entendía que la ausencia de casas, paredes y tejados hacía al bosque no sólo más peligroso, sino mucho más oscuro y glacial.

—No han vuelto tus amigos del río —dijo la joven, al fin, luego de mantener el silencio durante un largo rato.

La inquietaba, ahora, la posibilidad de que Bastión hubiera sido puesto en antecedentes de su presencia allí por sus acobardados servidores.

—Les pedí que dejaran pasar todo el tiempo que pudieran —respondió Clavo—. Deben de estar por ahí…

La aclaración no tranquilizó a la asesina, pero le dio un buen pretexto para volver a cerrar la boca. Al poco rato se cansó de estar de pie y buscó en los alrededores un sitio en el cual sentarse. Y allí estaba: el tocón de un viejo árbol, a un par de pasos en la espesura. Ideal para apoyase en él, con las piernas colgantes, a salvo de las miradas gracias a la vegetación.

—Perdóname —susurró un contrito Clavo.

Seguía de pie y con la mirada fija en el humo que expulsaba la chimenea.

—Tu plan era mejor que… esto.

Matarratas albergaba ya demasiadas suspicacias sobre su compañero como para dignarse a responder. Ya hablaría con el monárquico sobre su identidad y sus enloquecidas ideas sobre cómo debía plantearse una pelea si lograban salir vivos de aquel bosque caótico y remoto.

—Pasa que... —comenzó a decir el sirviente, pero Matarratas lo hizo callar.

—Tsss —gruñó y se llevó el dedo a los labios.

Dos cabalgaduras de gran tamaño aparecieron por el sendero que llevaba al río y, tras recorrerlo, asomaron por el claro, parsimoniosas y serenas. *No parece que los tipos estén avisados de nada*, pensó Matarratas con fría satisfacción.

Eran dos hombres, armados y corpulentos.

—El primero es Bastión —musitó Clavo y Matarratas pudo ver a un anciano ancho de hombros, con la cabeza desnuda de gorro o capucha, pese a los vientos helados, y una recia estampa, con todo y los cabellos blancos que lo coronaban.

El otro desmontó entonces y pudieron verlo, a la luz del atardecer. Era aún más alto y robusto que Bastión y llevaba un casco tocado por una hilera de escamas de metal que lo hacían parecer la cola de un dragón.

Era, aquél, un casco famoso en todas las tierras conocidas.

Un casco cuyo propietario había sido conocido, en las tabernas y las canciones populares, desde las épocas anteriores a la Revolución Gloriosa, cuando los reyes habitaban aún el palacio y ni Matarratas ni Clavo andaban metidos en asuntos de gente mayor.

Los dos se quedaron atónitos en sus lugares, a cobijo de las miradas.

Instintivamente, Matarratas se llevó la mano a la empuñadura del estoque, aunque sabía que quizá no le fuera a ser de mucha utilidad.

Porque ése era el casco del guerrero más reconocido de todas las tierras.

Le habían dado muchos nombres, pero los reyes, los monjes, los sacerdotes y los bardos habían elegido uno que no sería confundido por nadie: El Que No Puede Ser Vencido.

VI

El miedo era como un martillo que les golpeaba la cabeza sin detenerse ni un minuto.

Tardaron un largo tiempo en habituarse a la idea de que el guardaespaldas del amo pudiera ser el matón más legendario de las tierras conocidas.

Era como si el propio dios Negro-Negro, el prohibido señor de la muerte, hubiera decidido encarnarse y condescendido a pasear por aquel claro reseco y maldito.

El siguiente sobresalto que tuvieron Matarratas y Clavo fue descubrir que, caminando como ovejitas detrás del pastor, llegaban Arena y Torreón, con su pesado carrito lleno de cacharros de agua. El vehículo traqueteaba entre las piedrecitas del sendero.

Era evidente que el amo Bastión y aquel ser magnífico y terrible que lo acompañaba habían dado con los sirvientes en el río y a ellos no les había quedado más remedio que volver.

Clavo estaba lívido. Aun en solitario, el amo Bastión era un rival temible para cualquiera que intentara abatirlo. Era un tipo forzudo que se había pasado la vida metido en las guerras de la corona, y cuando no hubo tales, en cacerías y justas de toda clase. Se le conocía como un formidable arquero y lancero, y se encomiaba la cabeza fría con que afrontaba la caza de sus presas (fueran éstas animales o humanas). Con esa misma impasibilidad había cambiado de bando en plena revolución, pasándose del lado del consejo y participando personalmente en la toma del palacio (no demasiado heroica, por otra parte, puesto que los reyes, su séquito y el ejército en pleno habían huido ya y sólo quedaron allí algunos sirvientes llorosos, que fueron masacrados).

Pero con la escolta de El Que No Puede Ser Vencido, no había modo razonable de pensar que Matarratas pudiera cumplir con la encomienda para la que había sido contratada.

En la cabeza de Clavo se removieron varias sensaciones a la vez. Por un lado, la culpa de no haber sido más claro con Arena y Torreón al respecto de lo que iba a ocurrir. Una advertencia llana debió ser suficiente para que la pareja de servidores estuviera ya muy lejos, incluso quizá de vuelta en la ciudad, recogiendo sus cosas para huir de nuevo, sin mirar atrás.

Por otra parte, medraba en su alma el miedo de lo que le pudiera ocurrir a él. Al contrario de lo que hubiera sucedido en cualquier otro momento, en el que Clavo habría pensado antes que nada en salvar el pellejo y perderse, esta vez se sentía implicado hasta el cuello.

Incluso si Matarratas lo dejara irse del lugar, y él consiguiera cargar con Agua y escapar a caballo, cualquier atisbo de dignidad que restara en su vida desaparecería por abandonar a la asesina a su suerte. Había sido la insistencia de Clavo en que Agua acudiera a palacio y denunciara las actividades de Bastión como Devorador la que había ocasionado todo: la codicia del consejero Palma y de Ancla, el monje; la contratación de Matarratas, el truculento camino hacia la quinta y el peligro que corrían todos ahora. Un desastre. No había otra manera de describir lo que sucedía.

Agazapada detrás de su árbol, Matarratas parecía un zorro que no supiera si escapar o lanzarse al ataque. Las aletas de su nariz estaban dilatadas, sus ojos muy abiertos y sus dientes mordían su labio inferior quizá sin ella saberlo. Removía los dedos en el aire como si estuviera a punto de tomar los estoques y avanzar. Pero, a la vez, permanecía quieta, alerta, sin dejarse gobernar por la precipitación.

La cabeza de Matarratas, en realidad, corría a toda prisa, desbocada, revisando los posibles caminos que se abrían ante ella. Podría huir de regreso a Lago y explicarle a Ancla y al consejero que la intervención de El Que No Puede Ser Vencido cambiaba el panorama y desde luego, que eso, sin ser quisquilloso ni exagerado, anulaba sin duda su acuerdo. ¿Cuánto podría valer la cabeza de un tipo al que nadie jamás pudo derrotar con la espada, que salió de las guerras sin un rasguño y al que, de hecho, todos suponían como compañero aún del rey al que había guardado por tantos años?

Salvo que aquél no fuera el verdadero invencible, pensó de pronto la asesina. Pero ¿quién osaría mandarse hacer un casco como el suyo y colocárselo en la cabeza? Alguien que no llevaría esa cabeza sobre los hombros durante demasiado tiempo más, por supuesto. El Que No Puede Ser Vencido jamás toleraría a un imitador.

La sincronía mental entre Clavo y Matarratas debía ser extraordinaria, porque los dos tomaron la palabra a la vez, volviéndose el uno hacia el otro.

—Vámonos —dijo Clavo, dando un paso atrás.

—Hay que atacarlos antes que se metan a la casa —respondió Matarratas.

Tras hablar, los dos permanecieron en silencio, escrutándose con la mirada.

—O podríamos irnos —reconoció la asesina, súbitamente dudosa.

—Si atacamos con las ballestas, quizá… —declaró entonces Clavo.

Matarratas resopló. Era evidente que no tenían ideas claras y cualquiera de los caminos que tomaran podría salir mal.

Bastión y El Que No Puede Ser Vencido apenas se habían movido de lugar desde el momento en que habían desmontado. Detenidos junto al pozo, asomaban por su borde y parecían discutir. Quizá lo hacían respecto del mal sabor del agua, que había dado pie a que los sirvientes fueran enviados a llenar la mayor cantidad de cacharros posible con líquido del río.

Arena y Torreón, entretanto, a pesar de tomarse las cosas con una calma casi sobrenatural, se encontraban ya por alcanzar el punto en que se elevaba la letrina y girar hacia la casa, en la que, por supuesto, ya no esperaban los amigos del amo, bebiendo su dulce vino de bayas, sino sólo una guirnalda de muertos.

Era el momento de actuar, y Matarratas, sin volver a pasar por las confusiones que traía consigo cualquier debate, detuvo en seco su cerebro y se lanzó a la carrera al claro. A Clavo se le quedó en los labios un gesto supremo de espanto.

Corría, la chica, de un modo peculiar, con la ballesta empuñada en la mano derecha, un estoque en la zurda y la espalda doblada hacia delante, como si quisiera permanecer casi agachada. Sus pasos levísimos no resonaron sobre la tierra seca ni la yerba, por lo que Bastión y su acompañante siguieron enfrascados en su charla, junto al pozo, y de espaldas al peligro que avanzaba hacia ellos.

Clavo estaba dominado por una sensación de agobio que ya conocía. Se recordaba en mitad de la revolución, en las calles agitadas de Lago, cuando los piquetes de rebeldes golpeaban en todas las puertas y sacaban de muchas de ellas a gente llorosa para colgarla, azotarla o atravesarla con sus cuchillos. No sólo monárquicos, sino simples ciudadanos asustados, que ni eran amigos del rey ni hubieran podido serlo jamás. Gente a la que era sencillo acusar de algún pecado y matarla para quitarle todo, o para saciar el rencor vivo de alguno de los revolucionarios. Porque la inmensa mayoría de los insurrectos, incluso si eran jovencitos atarantados como los Águilas, eran en el fondo nada más que unos rencorosos de mierda, a quienes no les importaba la sangre de los demás.

No podía dejarla sola o perdería la dignidad. La idea volvió a arañarle el cerebro, así que el cuidador de sabuesos apretó los ojos y se lanzó a correr, con su propia ballesta entre los dedos y la espada en la cintura, golpeándose contra su muslo.

Aquellas armas, vulgares pero eficientes, no eran desde luego propias de un cuidador de perros ni de un esbirro como él. Pero Clavo, como se había demostrado a lo largo del día, e incluso antes, cuando decidió comenzar con el asunto, podía ser un sujeto sorprendente.

Fue Bastión el primero que se percató de que algo estaba mal. O, mejor dicho, el primero al que vio reaccionar Matarratas, quien corría con la vista fija en él. Porque, en realidad, la primera que quebró los aires con un grito fue Arena.

Los sirvientes habían alcanzado la puerta de la casa y Torreón y la servidora tuvieron la mala fortuna de encontrarse el espectáculo de la muerte reinante. Cinco cadáveres apilados en la estancia, frente a la chimenea, con heridas indescriptibles. Los amigos del amo. Por eso, porque no sabía qué esperar, pero no había tenido siquiera la opción de prepararse para enfrentar algo como aquello, fue que Arena gritó.

Y el amo Bastión se enderezó y dio un paso o dos hacia la casa, al oír el alarido y notar que, justo en el umbral de la construcción, el enorme Torreón se llevaba las manos a la cabeza, como quien lamenta una escena pavorosa (que la había, claro). Y se detuvo al ver el titubeo de Torreón, porque si un gigantón no es capaz de afrontar lo que mira, más vale ser prudente y esperar.

Para cuando notó que Matarratas estaba a veinte pasos de distancia era tarde. Pero, aun así, el amo Bastión no era un torpe citadino al que se pudiera sacrificar como a un cordero, por sorpresa y sin que se llegara a percatar de lo que sucedía. Dio un brinco de mono, pese a sus años y canas, y la flecha lanzada por su agresora se le clavó en el antebrazo, en lugar de hacerlo en mitad del pecho.

El punzante dolor lo hizo retroceder. El amo era diestro y la flecha le había destrozado el hueso con el que debía sostener el arma. El golpe, pues, no había sido letal, pero sí devastador. Sólo que Matarratas no pudo sacarle ventaja inmediata. Porque El Que No Puede Ser Vencido estaba allí y, al ver herido a su patrón, procedió a desenvainar una espada recta, enorme y brillante a la luz del sol rojo que se ponía tras los árboles.

La asesina conocía la fama del arma tanto como de la de aquel casco con pinchos de dragón. Y mejor puso distancia y se alejó de su presa.

—¡Mátala! —berreó Bastión a su ilustre guardaespaldas, quien se puso en posición de combate, midiendo a su adversaria.

Pero antes de que pudiera ser embestida por el legendario justador, que sirvió tantos años al rey y se aseguró de que fracasaran los intentos por asesinarlo, apareció Clavo en escena, con su propia ballesta, y disparó una flecha hacia la garganta del guerrero. Aparecido sin llamar la atención y sin ser esperado, había tenido tiempo de apuntar a lo que consideraba el punto más vulnerable de su blanco.

Pero El Que No Puede Ser Vencido no era llamado así por capricho o casualidad. Con un movimiento vertiginoso, conectó la flecha en el aire con la hoja de su espada, desviándola. Y, saltando para cambiar su peso de un pie al otro, enfrentó al cuidador de perros, listo para atacar.

Bastión, entretanto, aprovechó el momento de calma para arrancar la saeta de su brazo y desenvainó con la mano izquierda. El dolor de la herida era patente en el gesto torcido de sus labios, pero su mirada no daba señal de temor o claudicación. Y, pronto, Matarratas tuvo que luchar por su vida, cuando un aguacero de tajos se desató sobre su cabeza.

El amo Bastión era diestro, sí, pero resultó capaz de luchar como un demonio enloquecido con la siniestra. Porque quizás ante la alternativa de la propia extinción, cualquiera sería capaz de revolverse así, y más aún sí tenía un historial bélico como el suyo.

Demasiado ocupada con el ataque demente del amo Bastión, Matarratas no tuvo más que asumir que Clavo se las arreglaría como pudiera ante el luchador más formidable del mundo conocido.

No es mucho lo que puede uno reflexionar mientras pelea, pero alguna parte de su cerebro se dio cuenta de que aquello no podía acabar bien. Aunque era evidente que el cuidador de perros poseía habilidades de pelea que Matarratas no había calculado ni previsto al conocerlo, ¿quién podría osar ponerse de pie frente a aquel que había despachado a todo el que lo intentó?

Clavo, de hecho, la estaba pasando peor que ella, aunque El Que No Puede Ser Vencido apenas si había dado tres o cuatro pasos y aún no le dejaba caer una sola tajada encima. Pero esos breves movimientos lo habían colocado en una postura de ventaja: el sol caía a sus espaldas y daba en los ojos de su rival. Y el miedo comenzaba a trabajar en el sirviente.

La espada de Clavo no era una hoja afilada y construida por manos sabias y alevosas, como el espadón de su enemigo. Era una simple hoja de batalla, una sobra de la revolución, que un vendedor chambón le había puesto al alcance a cambio de unas monedas.

No se manda a nadie a un combate sin al menos algo de que echar mano: ésa era la idea. Clavo tenía su ballesta, sí, pero había demostrado ser inútil frente al guerrero del casco crestado. Así que le quedaba, nada más, aquella espada tosca, fea, con un puño que había perdido incluso el revestimiento de cuero y en el que se sentía el metal crudo y mal limado.

El primer golpe del guerrero invencible fue casi esperado. Un tajo de arriba abajo que Clavo pudo bloquear sin dificultad, pero que le dio a su contrincante una buena idea de la fuerza de su brazo. Que era considerable, sin duda, pero no la de un maestro de la esgrima. Entonces se produjo un segundo golpe, en sentido contrario, de abajo hacia arriba, que Clavo apenas pudo repeler y le hizo un minúsculo corte en la capa, enganchada por un instante en la punta del arma rival.

A través del casco crestado se escuchó un bufido que quizá fuera risita. Sí, eso era, sin duda. El Que No Puede Ser Vencido sabía que saldría vencedor sin emplearse a fondo, que bastaría un par de golpes más para quitarse de en medio al pobre diablo que intentaba hacerle frente.

Entonces Torreón y Arena intervinieron. Era imposible saber si reconocían al guardaespaldas y, por ende, entendían que su colega corría un peligro perentorio de morir, o si tan sólo trataban de ayudarlo, como si su adversario fuera cualquier otro. La lealtad de un sirviente es puesta a prueba cada mañana y, en ocasiones, estalla en donde uno menos lo esperaría. Arena y Torreón habían tomado un par de espadas y con ellas atacaron a la par, desde el lado ciego, y obligaron a que El Que No Puede Ser Vencido se batiera al costado, lejos, de momento, de Clavo.

El cuidador de sabuesos miró a sus camaradas con los ojos muy abiertos y sintió la importancia del rescate como lo que era: una posible condena a muerte para ellos. Si sus colegas se hubieran mantenido al margen, podrían haber representado el papel de leales ante el amo y escapar de su cólera, en el caso de que éste sobreviviera. Socorrer a Clavo significaba cometer una traición tan grave como la suya y, por lo tanto, poner sus pescuezos a disposición del amo y su guardaespaldas, si resultaban derrotados.

Como fuera, su intervención obligó a que El Que No Puede Ser Vencido se multiplicara en golpes y réplicas, girando sobre su propio eje, acompañado por un negro revoloteo de capa, porque las hojas de la tercia de sirvientes amagaban alcanzarlo por todos lados: arriba y abajo, por el costado, por la espalda, en el pecho o los muslos.

Torreón era el más alto y fuerte de los oponentes y sus largos golpes eran, quizá, los más peligrosos de todos, pues apuntaban al casco crestado del campeón. Arena, por su lado, era ágil y atacaba puntos bajo la cintura, y más de una vez El

Que No Puede Ser Vencido tuvo que pegar un brinco digno de una cabra para no resultar herido en una rodilla o un pie.

Matarratas, por su lado, enfrentaba problemas graves. La hoja del amo Bastión no había pasado de hacerle pequeños arañazos a la capa, pero era demasiado larga, y eso la obligaba a batirse a una distancia en la que sus estoques eran inofensivos. Su ballesta andaba ya por los suelos y nadie iba a concederle los segundos que necesitaba para recargarla y disparar alguna de sus cortas y afiladas saetas negras.

En ese momento el viejo Bastión, deduciendo que su contraparte intentaría cambiar de estrategia para contrarrestar su ventaja, dio una ladina patada en el suelo y levantó un poco de lodo hacia la cabeza de la asesina, quien, tomada por sorpresa, trastabilló. Con un certero mandoble, el viejo y robusto cazador hizo volar por los aires el par de estoques. Desarmada y muda, Matarratas pronto estuvo con la espalda adherida al pequeño tabique lateral de la letrina, apoyada en las manos para no derrumbarse en el suelo y con la punta de la hoja de Bastión apoyada en la garganta.

Hijos de mil rameras, pensó, sin mover los labios ni temblar. *Mil veces les dije que no era guerrera, sino una asesina. No se suponía que peleara contra soldados. Nada de esto debió pasar nunca.*

Bastión, entendiéndose ganador del combate, se dio el lujo de recobrar el aliento. Con la boca desmesuradamente abierta y el cuerpo un poco encorvado sobre sí, miraba a la pequeña muchacha morena con los ojos desorbitados, como si fuera uno de esos sacerdotes que prometían limpiar de demonios las casas de los crédulos y se metían en ellas y rompían las macetas y los platos y salían rasguñados y pálidos, como si en verdad hubieran disputado el terreno con un enviado de los dioses oscuros (y, encima, hubieran salido vencedores).

—Quién carajos te mandó —boqueó el amo, quien no conseguía que su aliento volviera a serenarse en el pecho y se agitaba como los gusanos hinchados por la lluvia. Un gusano. Bastión el Gusano.

Matarratas sabía que mentir no tenía caso ni podría reportarle ninguna clase de beneficio. Así que trató de pensar en la respuesta que mayor molestia causara al anciano.

—El consejo de la ciudad. Quieren quedarse con tus posesiones. Tú ya sabes quiénes —declaró, con una voz ligeramente más enronquecida de lo habitual.

A Bastión se le frunció el ceño y sus dientes se apretaron, haciendo saltar al frente su mentón punteado de blanco, pese a que se afanaba en rasurarlo y mantenerlo limpio de barba.

—¿Cuál consejero? —atinó a decir, mientras un escupitajo de rabia salía por el costado de sus labios hacia el suelo helado—. ¿Palma?

—Palma —confirmó Matarratas, ladina—. Y otro tipo importante del palacio: Ancla, el enviado de la orden…

Era evidente, por el gesto de rabia de Bastión, que sabía muy bien a quiénes se refería. Y Matarratas pensó que, incluso cuando la mataran, alguna alegría le daría a su alma pensar en que había ocasionado la caída de aquellos que la engancharon en aquel trabajo maldito.

—Saben que eres un Devorador. Si no lo hago yo, te matará otro —remató la chica.

Bastión se sacudió por dentro y un relámpago de ira le torció los rasgos y puso a girar sus pupilas. Las palabras se le ahogaron por un instante en la garganta. Había dejado de ser un hombre importante traicionado por sus socios para convertirse en un pervertido que sería reconocido como tal por todos.

El amo tendría decenas de sirvientes, una cuadra rebosante de caballos y un posible harén de amantes, pero, de golpe, no era demasiado diferente de los otros monstruos de las tierras conocidas. Como el violador aquel al que Matarratas había agujereado unas noches antes. Y más sucio y despreciable aún, pensó ella.

—Saben lo que le hiciste a la sirvienta —dijo Matarratas—. Y saben que debe de haber más como tú. Y te arrancarán los nombres junto con la lengua.

Bastión había retrocedido unos pasos y eso permitió que la sicaria se pusiera en pie. Aún le quedaba algún cuchillo y hasta un espadín corto bajo la capa, pero supo que no era momento de sacarlos todavía. Estaba ilesa, y sus palabras eran mejor arma contra Bastión.

—No saben nada —decía él, con la espada enhiesta pero desviada y floja en la mano.

Matarratas lo miró fijamente hasta que el viejo y fuerte cazador le devolvió la mirada.

—La hermana de la mujer vio lo que hacías. Van por ti, se van a quedar con todo lo tuyo.

La mirada de locura del amo mostró que había comprendido de golpe que aquello era verdad y que a un Devorador, como él no dejarían de perseguirlo nunca, que lo arrinconarían hasta acabarlo, que difícilmente volvería a tener entre los dientes la carne que prefería. Y el viejo bajó la espada y se encorvó aún más, y eso lo aprovechó Matarratas para alejarse. Entonces desenvainó su espadín.

Pero un grito espantoso los hizo voltear.

El Que No Puede Ser Vencido había abatido a la infortunada Arena, quien yacía de costado, con la garganta abierta en dos. Y también al recio y leal Torreón, caído junto a su amiga, intentando proteger su cuerpo. Una herida inmensa le partía la cara y alcanzaba su pecho.

El guerrero invencible había derribado de paso a Clavo, quien ahora se encontraba boca arriba, como un bicho a punto de ser pisado. Pero antes del golpe mortal, El Que No Puede Ser Vencido miró el rostro de aquel al que iba a liquidar y lo reconoció. Un terror inculcado en lo profundo de su mente estalló, y el imbatible dio un grito enorme, como si le arrancaran una espina del alma, y cayó de rodillas, igual que un niño ante los dioses.

Su casco crestado se humilló junto con su cabeza, hundida entre los hombros. Y su espada se quedó clavada en la tierra, para que las manos pudieran unirse en una oración. Ninguna risa sonaba en aquel yelmo ahora. Sólo un llanto ahogado y unos sollozos que sacudían al guerrero postrado.

Matarratas corrió hasta allí y jaló de un brazo a Clavo, para incorporarlo. El cuidador de perros tenía una herida bastante aparatosa en el brazo izquierdo y sangre en la boca y la nariz (producto de un desdeñoso puñetazo), pero, más allá del lodo que le cubría las ropas, parecía estar bastante sano, y la asesina se sorprendió al sentirse aliviada.

Pero Clavo no tenía ojos para fijarse en la preocupación de su compañera. Su boca chorreante de sangre se abrió sólo para que la punta de una lengua medio rota asomara, llena de furia. Arena y Torreón habían combatido a su lado para salvarlo, y ahora estaban muertos. Y Clavo no era capaz de pensar en nada más que en eso. Un dolor sin nombre le brotó en el estómago y se apoderó de su pecho y su cabeza.

Antes de que pudiera ser detenido, bramó algo en una lengua que Matarratas no reconoció de inmediato (la gente del oeste, como toda, tenía palabras que eran solamente suyas) y pateó en medio del pecho a El Que No Puede Ser Vencido. El guerrero, impotente, cayó de espaldas y se quedó así, en el lodo, con las manos entrelazadas.

—¡No lo sabía, señor, no lo sabía! —eso entendió Matarratas entre la cascada de palabras babeantes y adoloridas del imbatible.

Por toda respuesta, Clavo volvió a patearlo, ahora en las costillas. Tenía las manos empuñadas y, si hubiera conservado la espada en la mano, era seguro que habría perforado de la peor manera a su adversario.

Matarratas no entendía demasiado lo que sucedía, por no decir que en realidad no comprendía absolutamente nada.

Y otro grito más se levantó en la tarde helada. El sol se había ocultado ya detrás de las copas de la arboleda.

El amo Bastión estaba en el suelo y reptaba por el lodo. Gusano, un gusano. Un cuchillo introducido a su cuello desde atrás le sobresalía por delante, y el viejo manoteaba para tapar el boquete sangrante y se arrastraba para alejarse del lugar en que había sido herido.

Y allí, de pie, como un espectro, con las manos caídas a los costados y la mirada perdida en los cielos que aún conservaban costras rojas de sol, estaba Agua.

Había llegado desde el bosque mucho tiempo atrás, y permaneció oculta entre los árboles mientras Matarratas y Clavo se deshacían de los amigos de Bastión. Contempló la llegada del amo y El Que No Puede Ser Vencido, en sus monturas, y la posterior aparición de Torreón y Arena y su carrito lleno de botes con agua del río.

Atestiguó los combates, los insultos, las caídas y muertes y ocasionales salvamentos de todos. Y esperó su hora, paciente, con el cuchillo tembloroso en los dedos. Y cuando vio a Bastión distraído, y con la espada baja, se le acercó silenciosa, una sombra levísima en el lodazal helado del claro, tal y como había querido hacer en su mente una y otra vez, y en vez de acuchillarlo por la espalda le encajó la hoja en la base del cráneo.

Bastión no sintió nada más que el golpe inicial y miró la punta del arma asomándole bajo la barbilla. Cayó al suelo y se obligó a avanzar como si pudiera huir de la muerte que lo había prendido. Y Agua lo miró agonizar y no pensó en su hermana, su pobre luz apagándose, sus gritos ignorados por los sirvientes miedosos, su carne aún caliente mordida por aquella boca que ahora exhalaba el aire por última vez.

No pensó en nada. Miró las nubes escarlatas bordeadas de amarillo intenso, miró la luz del final de la tarde como si fuera un incendio que hacía arder el bosque y el humo necio que salía de la chimenea.

Matarratas volvió sobre sus pasos y se quedó a medio camino de la escena. Ya no era capaz de decidir si debía sacar a Clavo y Agua de allí, antes de que El Que No Puede Ser Vencido recobrara el dominio de sí mismo, o si, por el contrario, era el momento de acabar con el aura de indestructible de aquel tipo, oculto bajo su caso crestado, y atacarlo a traición. Nadie le tomaría a mal, en su condición de asesina, actuar de esa manera.

Ella no era uno de esos petulantes guerreros que frecuentaban las justas y se afianzaban como campeones en la corte y en las casas de los poderosos. Era una asesina, una sombra. Mataba por dinero y desde los rincones, sin saberse.

Pero antes de que tomara una decisión, El Que No Puede Ser Vencido se incorporó pesadamente y volvió a la posición arrodillada, como si suplicara la atención de Clavo, quien, de espaldas a él, miraba en silencio los cuerpos sin vida de Arena y Torreón.

Incluso distraído y en aquella postura absurda, el guerrero no era un blanco sencillo, pensó Matarratas. Y decidió, dado que por cualquier clase de razón delirante el tipo parecía sometido ante Clavo, que su prioridad inmediata era diferente a matarlo: la habían contratado para acabar con el amo Bastión y, del modo que fuera, el viejo estaba muerto.

Así que se acercó a él, tomó su espadón, se afianzó en el lodo y le empezó a dar tajos en el cuello para desprenderle la cabeza del tronco. Matarratas sabía a dónde apuntar el arma y, sin embargo, una decapitación no era sencilla de realizar, ni siquiera por una mano experta. Por si fuera poco, el cuchillo de Agua complicaba aún más la tarea. Tuvieron que asestarse siete o diez golpes antes de que el horrible resto de lo que fue un hombre quedara liberado de su cuerpo.

En algún recoveco del cinto de Matarratas colgaba siempre una bolsa tejida para colectar las pruebas de muerte de sus presas. Metió en ella la cabeza de Bastión, pero la dejó allí de momento, en el lodo. Luego recuperó sus estoques y la ballesta y volvió a cargarla. Si El Que No Puede Ser Vencido intentaba atacarlos otra vez, se encontraría con al menos un rival en condiciones de contenerlo, se dijo.

Agua, que parecía muy pequeña y desamparada ahora, luego de su acceso de violencia, se había sentado en el suelo, sobre el lodo, y contemplaba el cuerpo sin cabeza del hombre que había matado a su hermana. La venganza había sido completada, tal y como hubieran querido sus ancestros, y como habría hecho, en su lugar, cualquier otro habitante de las tierras conocidas.

Mientras miraba de reojo a la muchachita y reconocía para sí misma que, a pesar de lo ocurrido, no tenía ninguna gana de abrazarla o siquiera de ofrecerle consuelo, Matarratas se dio cuenta de que El Que No Puede Ser Vencido seguía allí, casi a su lado. Harto quizá de que Clavo lo ignorara, se había puesto en pie y miraba el cuerpo decapitado de Bastión. Su rostro permanecía oculto bajo la celada del casco crestado, pero descubrirlo allí, desarmado (su espadón seguía clavado muchos pasos más allá, al lado de los cuerpos de los sirvientes), daba mucho en que pensar.

—Pudiste matarnos a todos —dijo Matarratas, con la ballesta apuntada a la cabeza del guerrero.

Él permaneció quieto, como si la flecha que amagaba atravesarle el yelmo no significara ningún peligro.

—No puedo tocar al señor —dijo con voz lenta y torpe.

¿Sería El Que No Puede Ser Vencido una especie de bobo fortísimo? La duda revoloteó en la cabeza de la asesina.

Pero entonces su tono cambió.

—Serví al rey, pero el rey me echó un día. Hui a esconderme. El amo Bastión me llamó para que volviera a ser alguien —dijo con un cierto rencor—. Y debo matar a su asesina —agregó.

Matarratas se sentía cansada, demasiadas cosas habían sucedido en el día como para que aquella amenaza le provocara otra cosa que la risita nerviosa que decidió otorgarle.

—Yo no fui quien lo despachó —dijo Matarratas, tranquilamente—. Tendrías que vengar a tu amo con esa niña. Pero ella lo mató para vengar a su hermana. Tenía derecho.

El Que No Puede Ser Vencido titubeó. Aquél era un problema para el que no parecía estar preparado. Una asesina como Matarratas era un rival contra el que podía batirse sin problemas. Atacar a una niña era algo que lo superaba. Pero el deber era el deber.

—La mataré, haya tenido o no derecho —concluyó, tras reflexionar por unos segundos.

A la asesina no le gustó su tono de imbécil.

—Desquítate con otro. También está él —y Matarratas señaló al enmudecido Clavo, ya instalada en el cinismo absoluto—. Él fue quien acudió con los consejeros a denunciar a tu amo por ser un maldito Devorador de cuerpos. Un tragamujeres. Un cerdo que come gente.

La lluvia de insultos no conmovió al gigantón del casco. Tozudamente, volvió a negar con la cabeza.

—No puedo tocar al señor. Pero mi amo debe ser vengado.

—¿Y por qué diablos no podrías tocarlo? Mataste a sus colegas. ¿Tienes prohibidos a los cuidadores de perros?

—No puedo tocar a un hijo del rey —dijo El Que No Puede Ser Vencido.

Y entonces Matarratas entendió de golpe quién era aquel monárquico disfrazado de vasallo que le había dado la suerte como compañero de trabajo.

—Lárgate —susurró Clavo, trabado de rabia y conteniéndose para no llorar.

Con lentitud, como si lo hiciera con una pena honda, El Que No Puede Ser Vencido recogió su arma y, tras envainar, avanzó a su montura y subió en ella.

—Lo haré, señor. Pero mi venganza llegará. Tendré que ir a la ciudad. Ya nos encontraremos.

—Ve a donde te pegue la gana —se impacientó Matarratas—. Pero lejos de aquí.

La enorme armadura no se movió, pero el caballo hizo su parte y El Que No Puede Ser Vencido se alejó poco a poco del claro en el bosque, aún invicto, pero habiendo fracasado en su misión de proteger al amo de aquella casa.

Matarratas tuvo que reconocer que estaba aterrada.

VII

—Quiero ser tu aprendiz —le dijo Agua a Matarratas, con su lenta voz sedada, cuando ya estaban a pocas leguas de la ciudad. Habían vuelto a darle el brebaje de hierbas porque no dejaba de llorar y llevaba unas horas en un difícil equilibrio entre el sueño y la vigilia.

Matarratas la fulminó con la mirada y la chica bajó la cabeza. Pero Clavo, que cabalgaba junto con ellas, le dio la razón.

—Mató a un hombre. Tiene derecho a que la eduques.

Era la costumbre en la ciudad. Los asesinos podían rechazar a los aspirantes inocentes, a aquellos jovencitos pendencieros que intentaran ser entrenados sólo por dinero. Pero si ya se tenía una víctima a cuestas, se consideraba que el matador era un iniciado, y ningún asesino profesional tenía motivos válidos para negarse a oficiar como tutor (cobrándole sus comisiones de intermediario y hasta su hospedaje y alimentación, desde luego).

Aunque no existía nada similar a un gremio unificado (esa idea de que los criminales pudieran ser agrupados como carniceros, marinos o costureras sólo podía tenerla alguien que nunca hubiera tratado con un pillo), la vida en Lago se regía por una serie de leyes no escritas, tradicionales, que pocos se animaban a pasar por alto. Aunque la guardia o el consejo (y antes, los reyes) no persiguieran necesariamente a quienes desafiaban las costumbres, la gente comenzaba a mirar mal a quien lo hiciera y se encargaba, porque la gente es así, de arruinarle la vida.

Dejaban de comprarles a los que vendían, dejaban de vender a los que compraban. Y Matarratas sabía que mudarse a otro sitio sería solamente retroceder. ¿Qué haría en El Alto, esa parodia del viejo reino, pero pasada por hielo, frío y ventarrones? Con el invierno hostil del Lago le bastaba y sobraba. Y volver al sur no se encontraba en sus planes. Descritos, las aldeas de la jungla, los pantanos y las escasas planicies junto al Mar Último podrían sonar pintorescos y acogedores. Pero experimentados eran sólo una colección de inconvenientes: calor sudoroso, insectos por todas partes, comida que se pudría cada mañana, vecinos metiches que intentaban apropiarse de cualquier posesión que conservaras. Por eso, pensaba Matarratas, los sureños tenían hijos por camadas: para que siempre hubiera alguien cuidando de las gallinas o las cabras.

En el sur ya no había nadie esperándola, aunque extrañara las charcas de agua clara o la belleza de la gente. Aún no se acostumbraba, después de tantos años, a la tosquedad de los rasgos de muchos lagunos y norteños, con esas caras que parecían talladas en roca en vez de haber sido esculpidas por el viento, como las de los sureños.

¿No era el mismo Ancla una muestra de ello? Larguirucho, desgarbado, con la frente alta y una quijada más fuerte que una mesa. Visto de esa forma, resultaba incomprensible que hubiera estado a punto de atarse a él para siempre.

Y entonces pensó que Clavo, el supuesto siervo que en realidad era un hijo del rey, tenía apariencia de noble, una vez que se dedicaba un momento a pensar en ello. Ya había reparado en lo fino de sus dedos (era un trabajador perezoso o demasiado bien pagado, pensó), y ahora se añadían muchos otros detalles. Que se le veía la piel demasiado respetada por el sol o, al menos, recientemente bronceada y no con la pátina de toda la vida. Los lagunos solían ser de pellejos rojizos y atezados cuando trabajaban al aire libre. Pero incluso los artesanos y comerciantes, bajo los techos de sus talleres y expendios de piedra y madera, se tostaban un poco. Y Clavo parecía un muerto viviente. Era más pálido que Ancla, y eso que el monje ya era medio transparente para el gusto de Matarratas.

Un niño noble educado para las justas, la caza y los combates, pensó. No un mero monárquico. Un maldito hijo de reyes. Vaya porquería.

—Ya veremos —gruñó Matarratas, escapando de su pensamiento y atajando la discusión—. Primero hay que regresar... si El Que No Puede Ser Vencido nos permite seguir vivos.

Lo decía a sabiendas de que el campeón invulnerable no se les acercaría de nuevo mientras Clavo estuviera con ellos. Por eso, antes de que el falso cuidador de perros repusiera nada, la asesina agregó:

—Ya sé que no te tocará, hijo del rey. Pero la niña y yo somos otra historia y no vamos a pasarnos la vida pegadas a ti. El loco ese juró vengar a su empleador y eso nos puede caer en la cabeza a la niña y a mí, si es que me interpongo...

Clavo sintió que la adormilada Agua se aferraba fuertemente a su cintura al oír aquello. Porque estar en la mente de El Que No Puede Ser Vencido no podía ser nada más que una condena fatal. Pero Clavo presentía que la emoción que sacudía a la joven Agua era distinta y su motivo era aquella aceptación tácita de Matarratas de que sería su tutora.

Clavo, por su lado, volvió al silencio. Fuera de su rápido alegato en favor de la pretensión de la pequeña sirvienta para entrar al servicio de la asesina, llevaba horas con la boca cerrada. Había contemplado en silencio los cuerpos de sus amigos y colegas, que murieron salvándolo, y una marea de sensaciones terribles lo inundó.

La culpa de haberlos metido de cabeza al peligro, de haberlos expuesto, la culpa por haber derrochado la lealtad que le mostraron y que llevaron al extremo final de ser sacrificados. La idea insoportable de que tendría que vivir, en adelante, sin ellos, sin su presencia ni su charla ni la reconfortante idea de que estuvieran por allí, al lado.

Clavo excavó buena parte de la noche, ayudado por una pala originalmente destinada a retirar el estiércol de caballo de los potreros, para que sus amigos tuvieran el sepulcro más digno posible. No los enterró en la propiedad de Bastión, sino más lejos, en el bosque, bajo la sombra de un fresno. Arrastrarlos allí, a través del sendero pedregoso y los accidentes de terreno de la arboleda, y abrirse paso con la pala entre raíces, piedras y una tierra compactada como por el pie de un dios gordo (Gris-Gris, por ejemplo, una deidad menor a la que adoraban los taberneros y que era representado como un viejo de barriga descomunal), había sido una labor monstruosa. Pero igual la hizo.

Le dolía todo el cuerpo debido a la extenuación. Pero más allá que eso: había matado hombres, había enterrado amigos. Nada en el mundo puede cansar tanto. O casi. La guerra había sido peor, fuera de toda duda. Al menos eso le habían dicho. La guerra, en su vida, fue como aquel día, pero repetido por semanas y meses. Y eso para él, que era casi un niño y vivía apartado, en el oeste...

Nadie lo ayudó a enterrar a la generosa Arena y al discreto y laborioso Torreón. Sólo su pala y sus manos. Les besó las frentes y los dejó allí, al fondo del agujero, juntos, y los cubrió con tierra y más tierra hasta que pudo formar, al amanecer, un túmulo, que luego apisonó. No quería que las bestias cavaran y los restos de aquellos que murieron por él terminaran por servir de carroña. Cubrió la improvisada tumba con hojas de espantamoscas, un arbusto que abundaba en el bosque y que le daba su característico olor intenso y mareante, al que le huían bichos y animales.

Matarratas se acercó, ya de mañana, para ver en qué estaba empeñado. No había podido ayudarlo, dedicada a cortar cabezas y retirar restos del lugar en donde Agua se había adormilado. La asesina no comentó nada. Se quedó de pie, en silencio, frente a la tumba. No había conocido a los caídos y le parecía hipócrita mostrar alguna clase de dolor. Tampoco era su estilo hacerlo.

Luego le dijo a Clavo que se llevarían los caballos y los venderían en la ciudad, y él aceptó. Matarratas ya había acomodado en sus lomos la carga: armas y más armas. Vendería la caravana de las posesiones que fueron de Bastión y sus amigos al cruzar las puertas de la ciudad, dijo.

Clavo no se opuso. No esperaba obtener nada más de lo que ya había logrado, que era deshacerse del Gusano que había traicionado a su familia. Aunque pensaba que el precio había resultado excesivo, de todos modos.

Se pusieron en marcha a la salida del sol. El camino, a la vuelta, parecía más corto y amenazante, aunque era el mismo que el de ida.

—Quiero que me entrenes —repitió Agua, como un eco ligeramente diferente, pero incansable.

—Cállate y duérmete —le respondió Matarratas.

Y siguieron cabalgando.

No habían dormido ni un minuto, Matarratas y Clavo, concentrados en ocuparse de los muertos. Como Clavo se dedicó a cavar el sepulcro de sus colegas, Matarratas se encontró sola en la tarea de arrastrar los cuerpos los amigos del amo Bastión fuera de la casa. Al final, cuando tuvo una pila de brazos y torsos y piernas, hizo una hoguera, Bastión incluido.

Pero antes de eso, les cortó las cabezas, uno a uno. Quería pruebas de muerte incuestionables, porque ningún cliente podría negarle el pago por la eliminación de aquellos que se interpusieran en el camino de cobrar su presa. Era la costumbre. Y eso bastaba. Ni siquiera un organismo tan arbitrario como el consejo rector intentaba resistirse a los rituales de lo habitual.

La bolsa que la asesina llevaba consigo no fue suficiente, de ningún modo, para contener los restos de las víctimas, y tuvo que apretujarlas en unos costales de pastura para caballos que vació para ese fin. Los colgó, cuando estuvieron listos, a lomos de la pequeña caravana de corceles que llevaron consigo. Caballos buenísimos, limpios y sanos. Sacaría una fortuna por ellos, pensó. Y no iba a dejarle un solo centavo de las ganancias a Clavo. Lo decidió por la noche, mientras miraba arder los cuerpos de Bastión y sus amigos. Si el paliducho aquel, el mentiroso que ocultó su identidad hasta que se vieron las caras con un engendro incontestable como El Que No Puede Ser Vencido, era en verdad hijo del rey, no tendría por qué requerir el dinero de un trabajo honrado, como aquella masacre, ni siquiera si había ayudado a consumarla.

Era verdad que Clavo había despachado a varios de los amigos de aquel que fuera su amo, pero eso no cambiaba las cosas. Matarratas no tenía ninguna gana de sentarse a preguntarle por su vida ni por el motivo de que un príncipe (la palabra saltó en aquel momento a su cabeza por primera vez: su acompañante era un jodido príncipe) se hubiera empleado como cuidador de los sabuesos de un tipo que había traicionado a su padre.

A la gente le gustaba oír buenas historias, pero Matarratas estaba cansada de ellas. Harta. Cada uno de sus clientes había llegado ante ella con lo que otros pensarían que era "una buena historia" en la boca, para explicar la necesidad de pagar por un asesinato. Y cada una de esas historias había terminado con uno o varios de los personajes muertos por su mano. Y, dinero aparte, lo único que le había quedado de todo ello era la colección de cicatrices que llevaba en el cuerpo. *Que Clavo le platique su vida a su madre, si es que no se la sabe.*

Cerca del mediodía el bosque comenzó a ralear (habían seguido el camino principal, pues Clavo estaba convencido de que El Que No Puede Ser Vencido no los acecharía de momento) y el camino se volvió populoso.

Las rutas que llegaban desde el sur convergían a unas pocas leguas de la Ciudad del Lago y allí, a ese nudo de caminos, fueron a parar. La caravana de equinos avanzaba con torpeza y lentitud entre carromatos de comerciantes, jinetes armados del ejército, peregrinos que habían emprendido el viaje a honrar a sus dioses y algunos viajeros distraídos y agotados por quién sabe cuánto tiempo de dormir lejos de sus camas.

A pesar de representar un estorbo al caracolear por la orilla izquierda de la vía empedrada, la caravana avanzó sin más obstáculos que los esperables. Los caballos eran dóciles y, bien anudadas sus riendas entre sí, trotaban en parejas y con una exactitud marcial. Matarratas dejó que la montura de Clavo, en la que Agua viajaba en ancas, encabezara la marcha, y se colocó, apenas se sobrepobló el camino, al fondo de la fila, asegurándose de que nadie se emparejara inadvertidamente con las monturas y registrara, así fuera con la vista, la carga que porteaban.

De pronto, un jinete se abrió paso entre los viajeros y pasó justo al lado de la asesina, quien alcanzó a sentir el viento removido por su galope. Matarratas pudo notar de reojo los destellos de su armadura e, instintivamente, se llevó las manos a los estoques y se encogió en la silla de montar. Pero el jinete no iba tras ellos y se perdió a los lejos, mientras algunos de los que habían debido hacerse a un lado apresuradamente para no ser arrollados por su paso le silbaban o lanzaban insultos contra él y su madre.

Matarratas se dio cuenta de que, por un instante, había temido que el hombre de la armadura fuera El Que No Puede Ser Vencido, que, en presencia o no de un hijo del rey, se hubiera lanzado a cobrar su venganza.

Había intentado no pensar en ello más de lo indispensable. Ocupada en cobrar las ganancias de su rapiña y obtener sus pruebas de muerte, consiguió olvidarse a ratos de la situación. Durante el camino la había asaltado a ratos, pero procuró concentrarse en planear las ventas de los caballos y las armas y cobrar todo lo que pudiera por ellos.

Pero ahora, cansada y azorada por la aparición del jinete (que no había llegado a notar, embebida en su memoria, hasta que las alarmas saltaron, demasiado tarde), su cabeza no fue capaz de distraerse más. Y se olvidó de que cabalgaba con un botín como para dejar de trabajar unos años, que lo hacía en compañía de un príncipe y hasta de que parecía ser que tendría que tomar, contra su voluntad, a una pobre niña desquiciada como aprendiz.

Ya sólo tuvo mente para el tipo más peligroso de las tierras conocidas, el campeón imbatible cuya carrera comenzó en un torneo legendario, en el cual sólo él quedó vivo de entre todos los postulantes a guardaespaldas del rey y se arrodilló para jurarle lealtad eterna. Al paso de los años, aquella promesa se cumplió con creces: el tipo había vencido a todos los enemigos que intentaron deshacerse del monarca. Lo extraño era que, a pesar de ello, hubiera sido expulsado de la corte. Y más extraño aún que ahora fuera detrás de la cabeza de Agua, pensó Matarratas. Las leyendas están muy bien salvo cuando uno aparece, de pronto, salpicado en sus aguas.

Incluso los mayores guerreros pueden ser vencidos, solía decirle Panal. Todos los hombres son mortales, todos pueden ser asesinados, sólo falta encontrarlos dormidos, desatentos, perdidos en sus ideas. Y entonces se les puede tajar la garganta, atravesar el corazón o el vientre y caerán igual que los otros. Eso se dijo y se repitió la asesina, como una canción de cuna destinada a sosegar su alma.

Pero ¿cómo encontrar y deshacerse de un tipo sin rostro, al que nadie le conocía familia, pasado o nombre de pila? ¿Cómo encontrar dormido o fuera de guardia a uno que tenía fama de no cerrar los ojos? Y Matarratas y la caravana llegaron a la puerta de la Ciudad de Lago sin que se dibujara en el horizonte ninguna respuesta a esas preguntas.

No fue al primero, sino al quinto de los comerciantes de caballos de la calle en la que solían alquilarse, alrededor de la puerta principal de la ciudad, a quien le vendió Matarratas los corceles y las armas tomados como botín de Bastión y su grupo de amigos. Para desalojar de su cabeza la amenaza que representaba El Que No Puede Ser Vencido, dedicó las últimas leguas del camino a planear una estrategia para sacar un poco más de dinero de los animales y objetos que se había adjudicado.

Decidió que ofrecería sus mercancías al hombre del primer local, sólo para rechazar su oferta con grandes aspavientos y que la escucharan los propietarios del segundo y tercer locales. A ellos los ignoraría (sería divertido verlos correr tras su caravana, gritando sus propias ofertas de adquisición) y se plantaría ante el cuarto local, que era, coincidentemente, en el que había alquilado las monturas que usaron en la incursión a la Quinta de La Primavera, en los bosques.

Al viejo zorro del dueño no le ofrecería ni loca los jamelgos de primera ni el armamento decorado y lujoso que había colectado: era un mezquino incapaz de distinguir lo bueno de lo mediocre. Por eso había tratado con él la renta de las monturas: resultaba muy sencillo sacarle un buen precio si se le sonreía y se fingía atender su verborrea.

Le devolvió sus animales, le demostró que las sillas y arreos estaban intactos y sólo entonces, al salir de la tienda y dejar al propietario intrigado y ansioso, hizo lo que deseaba desde el primer momento en que entró a la ciudad.

La quinta tienda era la mejor compuesta. Allí se encontraban los caballos más hermosos y saludables, los de más bello pelaje y dientes y cascos en mejor estado. El patrón era un antiguo monárquico, que a fuerza de sobornos y regalitos para los consejeros y sus parientes había sido capaz de conservar e incluso acrecentar sus negocios en aquella época turbia. Era, además, un sujeto delgado, de barba puntiaguda y trato suave, que jamás volteaba a ver los pequeños senos de

Matarratas marcarse bajo su camisola negra ni fingía cederle el paso para examinarle las caderas y las nalgas cuando se diera la vuelta. Decían sus competidores que el patrón del quinto local era un amanerado que vivía con un sureño mucho más joven que él. Pero toda esa palabrería no le importaba en lo absoluto a Matarratas. La gente viva sólo le interesaba si había de por medio dinero o trabajo. Y los únicos muertos en los que pensaba eran los suyos, cuando encendía veladoras para su memoria en la soledad del hogar.

El quinto comerciante pagó lo justo, según las expectativas de la asesina, luego de una larga discusión y de dar muchos paseos en torno a las bestias. Clavo y Agua, sin saber muy bien qué hacer, se comportaron como los sirvientes de una señora empeñada en liquidar los bienes de su difunto marido: callados y en un rincón, se limitaban a mirarse los pies y a contemplar la evolución del cortejo de regateo.

—Quisiera quejarme de los corceles, pero todos son excelentes. Aunque me temo que no poseo la fortuna que pedirá por ellos —decía el patrón, con voz melosa.

—No son mejores que cualquiera de los suyos, señor —le endulzaba el oído Matarratas—. Puedo asegurárselo.

Y el comerciante se acariciaba la barba puntiaguda y entendía que ante sí estaba una mujer a la que no podría timar. Pactaron el precio a los pocos instantes de aquel cruce de halagos y entonces reiniciaron el rito, al desempacar los atados de espadas, sables, cuchillos, lancetas de cacería y espinilleras, espuelas, suspensorios metálicos… en fin. El hombre blandía una espada y se daba cuenta de que el metal fino cortaba los aires con la música que era de esperarse en un acero bien templado. Y tomaba después un cuchillo en la mano y la textura de la empuñadura le confirmaba su categoría superior.

—Acabaré pagándole la fortuna que pide, querida damisela —comentó con un suspiro, obsequioso—. Aunque temo que cualquier día venga a mi puerta un ejército: el de los caballeros que sean dueños de todas estas maravillas, que querrán recuperar...

¿La estaba llamando ladrona? Sin duda que sí. Aunque las ropas de Matarratas, negras y abrigadas, pero cómodas como para luchar envuelta en ellas, eran de buena clase, a cualquiera le saltaba a la vista que era una sureña atezada y no una princesa de las mejores familias de Lago. Que fuera bonita, con sus ojos grandes y redondos, su nariz pequeña y su boca bien perfilada, no cambiaba esa impresión, sino que la acentuaba incluso.

Y a Matarratas no le quedó otro remedio que señalar la última bolsa, la más grande, que aún colgaba en las ancas del corcel más corpulento de toda la caravana. El comerciante, con otro suspiro, se acercó al costal de semilla y desanudó el cordel que la mantenía cerrada. Algo rodó de inmediato entre la arpillera y cayó a sus pies. Era una cabeza. El hombre tuvo que tragarse un grito y se limitó a abrir mucho la boca. La lengua le colgaba de los dientes como un filete derretido al sol.

—Ésos son los propietarios, estimado señor —dijo Matarratas, con un dejo de soberbia en la voz—. Y no creo, francamente, que vayan a reclamarle sus cosas. De donde los mandé no se regresa.

Salieron de allí poco tiempo después. Matarratas llevaba al hombro las bolsas con sus pruebas de muerte y un costalito de oro escondido bajo su capa.

Había insistido en que se dirigieran de inmediato al Templo Menor, porque quería que sus ganancias quedaran a salvo de los hipotéticos salteadores lo más pronto posible. Subieron por callecitas laterales, llenas de portones opacos y ajados, y despobladas, porque era hora de que la gente de la ciudad estuviera encerrada. Sólo unos pocos niños, concentrados en sus juegos, les salieron al paso.

Así, la llegada al templo menor no resultó un gran problema y Matarratas, quien les pidió a sus compañeros que la esperaran afuera, no tardó tampoco demasiado en volver a la calle, con una expresión de satisfacción casi felina en la cara.

Clavo y Agua estaban sentados al pie de un muro, a resguardo del viento que comenzaba a helar de un modo casi alarmante. Aún había algo del pálido sol visible en los cielos, pero la pequeña multitud que se arracimaba siempre en el pórtico del templo menor comenzaba a desgranarse e irse a casa. Sólo los vendedores de empanadas seguían allí, vociferando para colocar los restos de su mercancía, sudorosa y reblandecida luego de pasar el día al aire libre.

—Los sacerdotes no sirven para nada, pero al menos son capaces de cuidar tu dinero —dijo Matarratas al salir, sin mirar a ninguno de sus compañeros en concreto.

Y como ni Agua ni Clavo respondieron, se encogió de hombros.

El camino hacia el palacio fue mucho menos esquivo. Descargada del peso de llevar el oro encima, pero cargada aún con los costales de cabezas en el hombro, como si fuera una molinera, la sicaria avanzó a rápidas zancadas por la calle de los floristas, que conducía en línea recta en dirección al centro de la ciudad.

De pronto, al dar vuelta en una esquina (la de la calle de los curanderos), Matarratas giró velozmente sobre sus talones, dejó caer los costales (que se derramaron por los suelos, aunque sin que su contenido saliera a la luz, gracias a los cordeles que los ataban) y tomó al desprevenido Clavo por el cuello de su manchada camisola de sirviente, estrujándole de paso los seguros que unían su capa en mitad de su pecho.

El muchacho retrocedió medio paso, y fue a dar de espaldas contra una pared. La asesina había calculado la ruta a la perfección: a esa hora, la calle de los curanderos estaba del todo vacía. Agua, con el rostro ensombrecido, acompañaba la escena sin pestañear.

—¿Qué le vas a decir al consejero y al monje de todo esto que pasó? —preguntó Matarratas, con una voz baja y sibilante.

Y Clavo no supo qué decir. Había pasado el día entero abatido, torturándose a sí mismo con recuerdos del tiempo que había compartido con Arena y Torreón, dirigiéndose un discurso en el cual alababa la discreción, diligencia, su entereza y lealtad de sus colegas. Estaba cerca de derrumbarse para ese momento (le había costado mantener la ecuanimidad y los ojos secos mientras Matarratas jugaba al estira y afloja con los comerciantes de caballos) y ni siquiera fue capaz de entender qué sucedía.

—Lo que me digas, eso diré —consiguió responder, al fin, con una pequeña tos.

Matarratas lo observó por un momento sin aflojar el agarre de las ropas en torno a su cuello, ceñuda. Luego lo soltó de golpe.

—Éstas fueron mis presas. Yo no te pedí que mataras. Sólo tenías que ayudar. No te daré ni una pieza del oro. Ni de éste ni del que me darán en palacio. Ni una. No necesitas nada. Para algo tienes padre con corona, ¿o no?

Y miró severamente al muchacho, como para asegurarse de que entendía a cabalidad lo que estaba afirmándole.

Clavo agitó la cabeza en señal de aceptación mientras se acomodaba la ropa.

—Eran tus presas. Es tu oro. No pedí nada.

La asesina no dejaba de clavarle las pupilas negras, y Clavo podía sentir cómo esos ojos trataban de penetrar en su cerebro, como si fueran a abrirlo, tal como una fruta, y a sacarle el zumo de sus secretos. Matarratas no estaba jugando.

—No entiendo qué diablos ganas con esto, pero ni siquiera entiendo quién eres ni por qué haces nada de lo que te vi hacer. Pero no me interesa tu historia. Cállate, cuenta lo que debes contar y te dejaré ir a donde sea que quieras. Bastante mal me causaste con tu precipitación.

Y Clavo sintió que el frío de la tarde le mordía el pecho y los brazos, y extrañó la gentileza de trato de Arena y la firmeza y serenidad de Torreón aún más.

—Como digas está bien para mí —acabó por decir.

Matarratas asintió.

Entonces llegó el turno de Agua, quien permanecía a dos pasos, en silencio, seguramente aterrada. Quizás era la misma expresión de rostro que se le quedó mientras el amo Bastión comenzaba a morder las carnes de su hermana. Ese depravado. Ese traidor. Agua cerró los ojos y pudo sentir de nuevo la sensación de plenitud que la llenó cuando supo clavarle el cuchillo y lo vio caer y la última exhalación de aliento se le escapó del pecho.

—Y sobre ti, niña... —dijo Matarratas, ajena al escalofrío de remembranzas que sacudía a la pobre de Agua—. Está bien. Te entrenaré. La costumbre manda y tú tienes el muerto y el derecho. Tendrás cama y comida caliente cuando las tenga yo. Y veré si puedo conseguir que dejes de parecer un pollo sin huesos, como ahora...

Agua bajó la cabeza en señal de mansedumbre y aceptación. Ya no tenía ánimos de celebrar. En realidad, no le quedaban ánimos de ninguna clase. Aún estaba demasiado cerca el efecto del brebaje, el horror de la última hora de su hermana y los días recientes, que giraban frente a sus ojos como si todavía estuviera ocurriendo ante ellos todo lo que había visto pasar. Pero parte de su cabeza, la que aún estaba un poco sana, le indicó que debía agradecerle a la asesina por ofrecerle cobijo.

En algún momento tendría hambre y sed y sueño y necesitaría alguna clase de protección, y Matarratas podía dársela. Así que se exprimió el alma hasta que una gota de voz le llegó a los labios y dijo: "Gracias, señora", con respeto de sierva y de niña.

Como todo estaba claro ya, los integrantes del trío dejaron la calle de los curanderos y prosiguieron el ascenso por la cuesta que llevaba al viejo palacio.

Los Águilas del portón principal hicieron una fiesta al verlos llegar y saltaron como micos cuando echaron un vistazo a los costales llenos de cabezas que la asesina llevaba consigo.

—¡Qué carajos!

—¡Son diez cabezas! ¡O más!

—¡Pero qué son éstos! ¿Eres una cazadora de monárquicos?

Matarratas explicó, con una arrogancia muy suya, y olvidándose completamente de la discreción con que había prometido llevar los trofeos al palacio, que el consejero Palma le había pedido que las llevara y rogó (ordenó, en realidad) que le abrieran el paso, pues tenía que encontrarse con él.

Los Águilas se miraron entre sí, quizá más asustados que sorprendidos, se arrebataron la palabra, se dieron de empujones unos a otros, volvieron a mirarse a las caras y, al final, se cuadraron ante la asesina y su escolta.

—Iré a avisar que está usted aquí con la carga —dijo uno, que parecía el de rango más alto.

Matarratas le indicó que llevara consigo las bolsas con las pruebas de muerte y el Águila, con un escalofrío visible, tomó la carga que le ofrecía y salió corriendo torpemente con ella, a través del patio, y rumbo al portón principal interior.

Los demás se limitaron a despejar el paso.

Los compañeros cruzaron el patio vacío y Matarratas notó que la fuente estaba más limpia que la última vez. No había ni rastro del cerdo. ¿Se lo habrían comido aquellos que lo instalaron allí? O quizá los consejeros habían organizado algún desfile o discurso, pensó. O recibido algún visitante de importancia. El hecho es que la fuente, que era un asco desde que el rey se había marchado, ahora parecía cristalina.

Estaban ya a punto de cruzar el portón interior, que se encontraba abierto y sin custodia, cuando el Águila mensajero volvió, a toda carrera, con el rostro rojo por el esfuerzo de subir y bajar los peldaños de la gran escalera de caracol.

—El consejero Palma y Ancla el monje los esperan arriba, en la sala privada —declaró, antes de doblarse sobre sí mismo y resoplar con las manos en las rodillas, vencido al fin por el cansancio.

Atravesaron la gran estancia hueca, en la que los pasos resonaban como en un templo, y subieron las escaleras, peldaño a peldaño y en silencio. Matarratas no dejaba de pensar en la recompensa que estaba por cobrar. Hacía cuentas mentales. Incluso con la adición a los gastos de su nueva aprendiz, la cosa pintaba muy bien. Quizás el sol comenzaba a salir en la ciudad. Y si el consejo eliminaba a tipos repulsivos como

Bastión, la cosa no podía estar tan mal. ¿O sí? Había conseguido no pensar más en El Que No Puede Ser Vencido, de momento. Ya se las arreglaría cuando tuviera que vérselas con él. Porque, al tomar a Agua bajo su protección, estaría obligada a interponerse si el demente aquel intentaba ejecutarla...

Justo antes de que dieran vuelta al último rellano, Matarratas se dio cuenta de que Clavo miraba el palacio con una atención particular, que no había percibido en él días antes, cuando se encontraron allí por primera vez. ¿Miraba el palacio con los ojos nostálgicos y críticos con que un viejo dueño se asoma a su casa? Quizás eso era.

Pero tuvo que dejar de pensar en ello. Cuando ya avanzaban por el pasillo, varias puertas se abrieron y de todas salieron hombres armados con ballestas y espadas. Eran diez, doce, quince, veinte y seguían saliendo más. Matarratas se llevó las manos a sus estoques, pero era obvio que estaba superada y sería incapaz de defenderse. Sus compañeros ni siquiera intentaron huir. Sólo levantaron las manos para indicar que se rendían.

La mirada de la asesina recorría las armas y los rostros de sus captores igual que la de una rata arrinconada que buscara, desesperada, un resquicio para huir. Pero no había tal.

De la puerta final salieron Palma y Ancla, con pasos lentos y majestuosos. El consejero dio un paso al frente, mientras que el monje se mantenía en un segundo plano. Incluso llegó a dar un paso atrás, casi avergonzado. Matarratas quiso buscarle la mirada, pero Ancla tenía los ojos fijos en un punto indeterminado del mosaico que recubría los suelos.

Y Palma, que al parecer tenía ya un discurso preparado, afirmó:

—Por orden del consejo y el pueblo de la Ciudad del Lago, quedas detenida, tú, Azul, asesina, por la muerte del amo Bastión y de seis ciudadanos más. Deja caer tus armas y arrodíllate.

VIII

La celda en la que encerraron a Matarratas no estaba ubicada en un sótano lúgubre, como habría sido de esperarse, sino dispuesta en lo alto de la torre principal del palacio. Allí había llegado a dormir una de las hijas del rey, le dijeron los guardias, con sorna. Era una habitación de muros desnudos, amplia y bañada por el sol del atardecer.

En una esquina, la más alejada de la puerta de madera reforzada, estaba instalado un catre, y sobre él se encontraba sentada Matarratas, con los pies encima del colchón de paja y los brazos cruzados. Le habían decomisado los estoques, las ballestas, el cuchillo largo y el corto, la nudillera de metal y hasta la sortija heredada de su maestro, porque dentro de ella había una aguja con la que podría intentar un forzamiento de cerradura y la evasión.

Dos soldados la registraron torpemente, con manos largas y pesadas, que ella sintió como una humillación, porque los dedos de los estúpidos se afanaron por frotarle los pezones y la cadera. A pesar de su tosquedad, sabían bien en dónde tenía situada cada pieza de su equipo de combate: seguramente el maldito traidor de Ancla les había dicho dónde encontrarlas. No le dejaron nada más que la ropa.

Ella no se resistió. Nadie que no fuera un dios era capaz de pelear al mismo tiempo contra dos docenas de tipos armados. La habrían dejado como alfiletero a flechazos antes de que consiguiera matar al segundo, se dijo con tristeza.

Un pájaro pasó junto al ventanal que asomaba a los lejanos tejados del palacio y al patio mayor. Sólo volando, como él, podría salirse de allí sin pasar antes por todo el ejército. Los pasillos estarían cuajados de soldaditos o de Águilas. Quizá por eso la habían metido allí en vez de arrojarla en una de las viejas celdas del subsuelo. No había, en lo alto de una torre, un desagüe o un túnel que le permitiera huir. Estaba atrapada.

Nadie le explicó qué carajos hacía allí ni por qué la misión que le había sido conferida por Palma, quien era uno de los principales consejeros de Lago, y que ella había conseguido coronar con la muerte de Bastión y de aquellos que lo rodeaban, tal y como se esperaba que hiciera, ahora les parecía un delito por el que mereciera estar presa.

Al menos no me han quitado el dinero del botín, pensó con un relámpago de humor. Pero si la condenaban a quién sabe qué pena y terminaba como todos esos pobres ahorcados luego de los primeros días de la rebelión, sus jueces y ejecutores acabarían por quedarse con todo: sus pocas pertenencias y el dinero que había conseguido reunir a lo largo de los años y que le guardaban los sacerdotes del templo menor. El trabajo de una vida, se dijo con amargura. Ya no tenía padres o hermanos, y nunca tuvo ni deseó hijos. Nadie dependía de ella. Sus pocos parientes, allá en el sur, no la recordarían más que como una de tantas primas que desaparecieron en los tiempos difíciles (que eran todos). ¿Qué más decir?

Con una punzada de molestia, recordó que justo antes de llegar al palacio había aceptado una nueva responsabilidad: la tutela de Agua. La pequeña sirvienta de cara redonda y ojos siempre desorbitados se había quedado en el pasillo, junto a Clavo, rodeada de guardias y sin atreverse a mover un músculo cuando se llevaron a Matarratas detenida. Era imposible, para la asesina, saber qué habría sido de ella a partir de ese momento.

Se removió en el colchón, que era viejo y crujía. Estaba cansada, le dolían los brazos y las piernas luego de las horas de cabalgata y el nulo sueño de la noche anterior. Y el miedo que le daba haber sido arrestada era como un tinto potentísimo (uno de verdad, como los del sur) que le bullera en las arterias.

Se pasó las manos por la cara para intentar romper la sensación de irrealidad que la sometía. No: aquel no había sido un trabajo como cualquier otro, pero tampoco el más complicado de su trayectoria. Un año atrás había entrado, de noche, a la casa de una familia de militares traidores (agentes de la monarquía, le dijeron que eran aquel padre y sus tres hijos) y los liquidó a todos, aunque el segundo al caer hizo tanto ruido que los otros dos despertaron y apenas consiguió abatir a sus blancos y salir viva de allí. Aún llevaba en el muslo la marca de la espada de uno de esos doblecaras.

Y, sin embargo, esta vez el trabajo se complicó de verdad. Hubo demasiada sangre, demasiados muertos. El botín, quizás, había sido exagerado. Y ella, pensó, se había abalanzado para quedárselo todo porque estaba allí, porque era demasiado sencillo estirar la mano y tomarlo (aquélla, claro, era una metáfora, porque decapitar cuerpos y cargar caballos con objetos robados tampoco era un paseo por la hierba fresca). ¿Era posible que Clavo, celoso por no haber recibido ni crédito ni dinero, la entregara? ¿O que lo hiciera la pequeña Agua?

Matarratas sacudió la cabeza, porque no era posible. Ella misma no se había decidido a dejar en claro que tomaría todo el crédito y el oro hasta unos metros antes de llegar al palacio. Los celos tardan en aparecer en las mentes, en incubarse. Clavo perdería mucho más si ella llegara a revelar su identidad real de lo que ganaría quedándose con el botín... si se lo llegaban a permitir.

Porque si el motivo para acabar con Bastión había sido el despojo de uno de los patrimonios mayores que aún quedaban en la ciudad, no era probable que quienes lo querían aceptaran ceder ni un ápice sin necesidad.

¿Y Agua? Ella no tenía un solo motivo para traicionarla, se dijo. Y una pequeña oleada de lástima subió del estómago de la asesina. Pobre niña. Pobres todos.

O quizá no hubo traición y sus compañeros también estarían en celdas, Agua y el imbécil de Clavo. Lo mismo en aquel sótano de las mazmorras de antaño que en otras estancias cerradas tan decorosas como en la que se encontraba prisionera. O quizás, y la mente de Matarratas volvió de lleno al temor de que así hubiera sido, en verdad ellos habían dado alguna clase de alerta o la habían acusado ante el consejo (pero, quiso serenarse, no era fácil saber cómo lo hicieron, pues básicamente no se habían separado de ella más que por unos minutos, no por su iniciativa y ya de vuelta en la ciudad).

Cerró los ojos y apretó los puños con rabia. Su maestro nunca le había dado un consejo que pudiera aplicarse a esa situación... si se exceptuaba aquel de "mejor morir dignamente que vivir humillado".

La ventana era un arco de piedra que asomaba al vacío. Como era delgada, quizá pudiera subir allí y saltar. Y sus días terminarían abajo, en la piedra de los tejados o, si es que el

166

viento la movía, en el patio, a unos pasos de la fuente que ahora reflejaba la luna naciente en el cielo. Matarratas suspiró y bajó la cabeza.

La habían atrapado y sus posibilidades de salir con bien de allí eran nulas.

El olor de Ancla lo anunció unos segundos antes de que el monje entrara a la cámara, escoltado por un par de Águilas, que se quedaron en el pasillo, vigilando el paso, y que desaparecieron cuando la puerta se cerró.

Era un aroma peculiar: viril pero un poco dulzón. Olor a limpio, a poco sudor, a horas de susurrar en los pasillos y a un sol mirado siempre de reojo, sin que aterrizara frontalmente en la cara.

La mirada de Ancla, curiosamente, parecía de consternación. Se acarició la barbilla, siempre cubierta por aquella pelusa rojiza que se rasuraba y volvía a surgir, implacable, y, de pie, severo, observó a Matarratas con detenimiento.

Ella no devolvió la mirada. Por supuesto que había pensado ya varias veces qué diría y cómo reaccionaría si es que el monje asomaba por la celda. Y que en su cabeza había compuesto toda una serie de escenas en las que, con asombrosa altanería, le bastaban un par de frases para desarmar a su viejo amante. *Viejo amante*, pensó con sorna, aunque eran casi unos niños cuando dormían juntos. Y aunque hacía algunos años de eso, aún hoy seguían siendo dos muchachos.

Renunció a decir nada y recordó que, alguna vez, vio en las calles del centro de la ciudad a unos cazadores que llevaban, metido en una jaula, a un gato de montaña herido. El animal no le concedió a los espectadores el gustazo de mostrarse salvaje o moribundo. Se encogió sobre sí y les mostró el lomo y nada más. Ni una mirada a nadie. Ese íntimo desdén por sus captores había conmovido a Matarratas. *Y ahora*, pensó, *ese gato soy yo*.

—Ésta no era la idea —dijo Ancla, lamiéndose los labios, como si tuviera que lubricarlos para que las palabras consiguieran escurrir de ellos.

Sólo recibió otro largo silencio.

El monje levantó ligeramente la vista. Hacer aspavientos de impaciencia estaba, sin duda, fuera de lugar. Tenía que controlarse.

—El guerrero inmortal ese fue el que cambió todo. Vino al palacio. A acusarte de…

La frase quedó a medias, porque Ancla torció el gesto y movió una mano en el aire, sin sentido, en un vano gesto de explicación. Con todo, y casi contra su voluntad, Matarratas al fin le concedió una mirada. Sus ojos negros fijos, rencorosos. Su boca como una línea.

—El Que No Puede Ser Vencido —aclaró casi innecesariamente Ancla y, en un movimiento que quiso ser protector, avanzó unas zancadas y se sentó en la orilla del jergón en que estaba instalada Matarratas, como si quisiera hablarle de cosas íntimas.

Ella, igual de veloz que él, se replegó y pegó las rodillas al pecho.

—Apareció ayer, lo vieron entrar por la puerta y recorrer las calles, y la ciudad enmudeció. Nadie lo había visto acá desde que el rey se fue —narró el monje, sigiloso.

Y se frotó la cara, como si necesitara recobrarse de una impresión muy fuerte.

—Nadie se atrevió a interponerse. Los soldados se cuadraron. Incluso los Águilas se las arreglaron para no cruzar por su camino. Y, a caballo, llegó al palacio, al final.

Ancla entrelazó los dedos. Su aire era decididamente oscuro, y esa misma oscuridad, que ya era nocturna, llenaba la improvisada celda.

—Dijo, en pocas palabras, porque no habla mucho, porque es una especie de bestia loca y medio muda, que el rey lo había liberado de su servicio y él se ocultó en la montaña. Que el amo Bastión lo mandó llamar porque temía por su vida y, a los pocos minutos de pactar su servicio, fueron atacados a traición y su amo fue asesinado. Te describió, describió a tus compañeros, y aunque dice que fue una niña la que mató a Bastión, todo mundo supo que eso no era posible y que tú eras la asesina. Eres muy conocida aquí... —aunque esto último intentó ser un comentario agradable, Matarratas lo sintió como una nueva puya, y los dientes le asomaron de la boca en un gesto fiero.

Odiaba que la gente pensara en ella, hablara a sus espaldas, la distinguiera de la pequeña masa de asesinos anónimos sólo por ser mujer.

Ancla dejó caer los brazos sobre sus muslos, como si un gran abatimiento lo poseyera. Llevaba la capucha de su hábito bajada pero, aun así, su rostro estaba cubierto de sombras.

—El consejo no se atrevió a enfrentarlo. Y pidió que retuvieran al asesino de su amo para hacerle justicia... En un duelo...

—Y el consejero Palma no se atrevió a decir que yo fui a matar a Bastión por orden suya, claro —intervino Matarratas, al fin, furibunda, y con voz enronquecida por el enojo.

Las aletas de su nariz se distendieron y su quijada se proyectó hacia delante. Era como un pequeño perro de pelea listo para saltar al cuello de otro.

—Me entregaste a estos hijos de perra —bufó ella, incapaz de contenerse.

Ancla no respondió. Su barbilla estaba clavada en su pecho. Parecía desinflado, aplastado por el giro de las circunstancias.

—Ésa no era la idea —repitió, con lenta voz de niño avergonzado.

—Pero ya es —lo cortó Matarratas—. Vas a echarme enfrente de ese monstruo para que me mate.

Ancla cerró los ojos por un momento. Nunca fue sentimental, pero estaba afectado. A la vez, era un tipo que jamás se saldría de la línea que él mismo se había trazado, y esa línea, ahora, lo obligaba a ponerse del lado del consejo y entregar a su amiga a la "justicia" de un gigantón invencible y armado de la cabeza a los pies.

—A lo mejor puedes ganar... —comenzó.

Matarratas dejó que su risa amarga lo callara.

—Claro. Voy a vencer a un tipo que mató a todos los que le pusieron enfrente desde que se supo que existía, que nunca recibió una herida, que nunca falló un solo tajo, que tiene más hierro encima del que hay en las picas de todos tus guardias de mierda —gruñó, deslenguada.

Ancla no pudo o supo decir más. Permaneció unos minutos quieto, sin habla, agachado. Matarratas tampoco persistió en el debate. ¿Para qué? Sus caminos se habían alejado hacía tiempo, los recuerdos estaban tan ensuciados por animosidades que era mejor dejarlos perderse. Ahora no eran más que un cliente traicionero y su empleado estafado. Quizá porque ser empleado siempre era eso, o así se lo hacían sentir: cobrar un poco de oro a cambio de algo que podía llegar a matarte.

Cuando la luz de la luna comenzó a proyectar sombras en el mosaico del suelo de la cámara, Ancla se puso de pie y, sin volver la mirada, salió por la puerta, que cerró con estrépito.

Sus pasos y los de su escolta se perdieron en la lejanía del pasillo.

Matarratas tuvo el impulso de gritarle algo terrible, alguna frase que volviera a él por las noches y lo atormentara y le enlodara el sueño de allí en adelante, por los siglos de los siglos. Su sangre, se dijo, caería sobre él, sus manos nunca volverían a estar limpias.

Y pensó que hubiera preferido no volver a verlo, haber tenido un trabajo pendiente, el día que se coló a su vivienda, y rechazar la oferta que le presentó. Haberse reído en su cara de la pretensión de contratarla. Refregarle que ya no tenían nada que ver y mirarlo salir a la calle y desvanecerse de nuevo, al menos por algunos años.

Ahora ya no habría años por delante como para intentar nada, se dijo.

Entonces lo escuchó. Era un susurro mínimo, discreto, como el que le haría a un gato alguien que no quisiera despertar a una casa que duerme.

—Tssss. Tssss...

El sonido no venía de la puerta sino de un rincón oscuro y, aunque fijó la mirada en él, Matarratas no pudo distinguir ninguna silueta. Su nariz le avisaba que había algo ahí, algo que ella conocía, pero no era capaz de precisar...

—Tssss. Acá...

Era una voz. Sin duda que lo era.

Pegó un pequeño brinco y se puso de pie. Y, azorada, miró cómo en medio de la oscuridad saltaban unas chispas. Era una piedra de humo, una de esas que se usaban para encender veladoras y antorchas.

Y allí estaba Clavo.

Como si hubiera brotado del rincón, el falso guardián de

sabuesos apareció ante Matarratas con una pequeña linterna de aceite como la que usaría un sirviente para alumbrar el paso de su amo.

—¿De dónde carajos saliste? —dijo ella lentamente, con la boca muy abierta.

—Te olvidas que ésta fue mi casa hace años. Nací en este maldito palacio —respondió Clavo.

Y en su mirada relució por un momento la lustrosa dignidad de un príncipe.

La ruta de escape era estrecha casi hasta el sofoco: una pequeña escalera de caracol que parecía una parodia de la enorme escalinata ondulante que cruzaba las salas principales del palacio. Clavo abría la marcha y caminaba con una seguridad absoluta de conocedor por los resbalosos peldaños enmohecidos, en los que Matarratas se escurría a cada momento, chocando con la espalda del muchacho cada vez y amenazando con hacerlos rodar a los dos hasta el lejano suelo firme.

La flama de la linterna convertía sus sombras en una sola masa negra y titubeante que lamía la bóveda superior, cada vez más lejana a medida que bajaban. El olor a sebo quemado era intenso en la nariz de la asesina, y su piel estaba erizada por el aire frío y por una repentina certeza: si la capturaban en mitad de la evasión, su muerte no se produciría en un duelo con El Que No Puede Ser Vencido (en el que no tenía ninguna opción lógica de vencer, sino quizás apenas la esperanza de que se produjera un milagro, como que su rival sufriera un ataque y se derrumbara), sino en la horca.

Eso decía la ley. Los presos no debían huir, por ningún motivo, y todo prófugo podría ser colgado sin juicio de por medio. A Matarratas le temblaban las manos y, sin embargo, no había vacilado ni un segundo en lanzarse tras Clavo cuando apareció en el rincón de su celda.

Como cualquiera que hubiera escuchado un cuento, Matarratas sabía que los pasadizos ocultos existían. Pero en ese tipo de historias también había, por ejemplo, dragones. Dragones voladores, temibles e inmensos como barcos de fuego que saltaran entre las nubes. Tan bellos que los nobles los retrataban en sus banderas junto a los colores de sus casas: encarnado, turquesa, albo... Pero ella era del sur y sabía que los dragones existentes eran muy distintos a los heráldicos y míticos.

Eran unos lagartos grandes y perezosos, con una cara fea, como la de un brujo cubierto de escamas, y el peligro de encontrarse con uno desde luego que no eran poderosas llamas, sino su mordida. Porque a quien le hincaba el diente uno de esos bichos, acababa por sufrir las peores fiebres concebibles y se consumía como si le hubieran inyectado un veneno. Pero eso no solía suceder, porque los dragones no salían de sus pantanos y se conformaban con devorar monos infortunados, aves imprudentes o, si nada caía, las crías de sus congéneres. Apestaban, además, a cloaca. Nadie hubiera puesto un dragón real en una bandera.

Pero, muy al contrario, el pasadizo por el que estaban escapando era absolutamente concreto. Aquello no era un relato de viejas, sino la vigilia. Matarratas tuvo que recordárselo cuando, al fin, los peldaños se terminaron y Clavo se lanzó adelante por un pasillo negro y sofocante, con la lucecita de su lámpara casi devorada por las tinieblas.

—Ésta fue mi casa —repitió el hijo del rey—. Y sé exactamente a dónde necesitamos ir.

A la sicaria no le quedó más remedio que apretar el paso para no alejarse demasiado de su rescatador. Reconocía sus zancadas: así de veloz era ella afuera, en las calles. Pero en aquel escondrijo, que los reyes habrán mandado construir y ocultar convenientemente en previsión de que un día fuera necesario salir por piernas de su hogar, se sentía frágil y desorientada.

Avanzaron muchos pasos, tantos que ella perdió la cuenta que había intentado llevar, en un intento un poco absurdo de ponderar las dimensiones que atravesaban. Al final, luego de girar dos o tres veces y de volverse por una dirección que parecería haberlos hecho caminar sobre sus propios pasos, Clavo se detuvo ante una pared.

—Aquí, por lo pronto —dijo, y pisó con decisión un punto en la pared que Matarratas no pudo notar como diferente del resto del muro. Y luego, como si fuera el panel corredizo de madera de una tienda de sedas, Clavo desplazó un pedazo de muro la distancia suficiente como para que pasaran a través de él.

Y entraron a una estancia pequeña y oscura, y la lucecita de la lámpara, una vez que se deslizaron a través de ella con pasos cuidadosos, mostró que se encontraban en la armería. Altos soportes repletos de alabardas y lancetas, canastos desbordantes de espadas enrobinadas y sin afilar, cascos y escudos en espera de ser fundidos (tenían todos el escudo real) y, cerca de la puerta, una hilera de armas en mejor estado. No encontraron nada similar a los delgados y flexibles estoques de Matarratas, pero sí un par de espadas con filo, cuchillos y una ballesta de mano casi tan buena como la que le habían confiscado a la asesina.

Matarratas no hizo preguntas. El pecho le daba de brincos y demasiado esfuerzo hacía en contener su respiración para que no se le escapara por ahí, como un potro sin frenos. Se hizo de armas, fundas y correas, y se sintió, al final, un poco más lista para intentar una escapatoria.

Escucharon un ronquido que venía del pasillo y Clavo, al notar que la asesina retrocedía con horror, se tapó los labios con un dedo para indicarle silencio. Volvieron al pasadizo sin ser detectados y Clavo lo cerró con habilidad, hasta que la pared volvió a verse igual de infranqueable que antes.

Matarratas aún se encontraba ajustándose correajes y revisando sus nuevas hojas, y una pequeña ballesta de mano, cuando notó que Clavo parecía aguardar su atención para hablar. No habían cruzado demasiadas palabras. No se dijeron cosas como "gracias" ni se llegó a preguntar "por qué fuiste por mí". Pero habían llegado a un punto en el que no era posible seguir sin que les quedara claro qué iban a hacer.

Así que ambos, la asesina y el noble, tomaron aliento y se miraron.

—El Que No Puede Ser Vencido va a pelear con Agua —dijo Clavo antes de que Matarratas pudiera tomar la palabra.

A ella sólo se le abrió mucho la boca. No fue capaz de decir nada, ni siquiera la grosera interjección que le cruzó la mente a la velocidad de un pájaro.

—Es una niña —fue todo lo que logró articular.

Clavo asintió.

—Sí, pero es la niña que mató a su amo. El consejo te arrestó… porque asumieron que tú mataste a Bastión y a los otros. Como proclamaste en la puerta… Y como quedamos.

A pesar de su esfuerzo por ocultarlo, en su voz brotaba una ligera nota de despecho. Después de todo, pese a sus precipitaciones y torpezas en el ataque, Clavo también había liquidado a varios. Aunque sin la intervención experta de Matarratas, desde luego, hubiera terminado muerto en un par de instantes más…

—Pero el guerrero sabe que fue la niña. No va a ser un duelo, claro, sino una ejecución. A él no le importa. Hubiera roto una piedra si a su amo lo hubiera matado una piedra...

Matarratas entendía la lógica de ese pensamiento, claro, porque era el de muchos siervos. Pero su cabeza, inevitablemente, derivó a una duda repentina.

—¿Por qué *su padre*, el rey, liberó al monstruo de *su* servicio? —preguntó, hablándole a Clavo por primera vez como al príncipe que era, aunque con toda sorna.

A Clavo se le ensombreció el rostro, como si el trato de respeto que debía deparársele a la nobleza lo ofendiera. O quizás era que había que darse prisa para intervenir antes de que Agua fuera partida en dos por el espadón de El Que No Puede Ser Vencido.

—No hablo con mi padre hace muchos años —dijo—. Y no puedo decir que conozca la historia de primera mano. Y tampoco es momento de contarla.

Y comenzó a caminar en una dirección imprevista, su lámpara moviéndose como un fuego fatuo que Matarratas se esforzaba en perseguir en la oscuridad, tropezándose cada pocos pasos pero sin perder el avance, y con la vaina de su nueva espada, más larga de lo normal para ella, raspándose contra el muro.

—¡¿Por qué los consejeros lo liberaron a usted, *alteza*?! —le gritó irónica a Clavo, que no se concedía un respiro, sino que seguía afanándose por acelerar.

El muchacho se detuvo y la lucecita hizo lo propio. Matarratas aprovechó para hacer algunas respiraciones profundas. No le gustaba correr y correr sin tener idea de hacia dónde iba.

Clavo volvió a mirarla, con algún resentimiento.

—No me digas alteza. Yo...

Matarratas recurrió a un gesto de burla y Clavo, con fastidio, dejó el tema y pasó a lo fundamental.

—Porque, para ellos, yo no soy nadie ni hice nada. Ya habían liberado a Agua también. Sólo cuando hablaron sobre tu arresto con El Que No Puede Ser Vencido, y él les hizo caer en su error, fue que la prendieron. Yo... no sabía qué hacer. No esperaba esto. Esperaba la llegada de la noche para ver si podía liberarte, ni siquiera tenía claro en dónde te habían metido. Nos quedamos en la taberna, cenando algo, y allí llegaron los Águilas por ella.

—Entonces tú no les diste aviso ni trabajas con ellos —deslizó Matarratas, a la que la duda asaltaba incluso después de su liberación.

Clavo dio un respingo.

—Claro que no. Yo no sabía ni quién eras antes de verte en el salón de Palma. Llevé a la niña con el consejo porque a su hermana... Yo quería acabar con Bastión el Gusano.

La asesina levantó la mano para detenerlo y confirmar que la información bastaba para ella. Ya habría tiempo de hacerle más preguntas a Clavo, si es que lograban salir vivos del intento de rescate. ¿Qué esperaba, al acabar con el traidor? ¿Que los reyes y la corte lo perdonaran y le permitieran volver? Pero aquél era un camino demasiado nebuloso aún.

—Es decir que no hay una conspiración. Palma y Ancla querían deshacerse de Bastión, nosotros lo quitamos de en medio y el único error fue ofender al guardaespaldas... —dijo Matarratas, con voz apresurada.

Clavo esbozó una sonrisa amarga.

—El guardaespaldas que es una leyenda en todas las tierras conocidas y nunca fue vencido por un rival, sí.

Matarratas no dio acuse de la ironía. Su mente ya había saltado al futuro.

—¿Sabes dónde la tienen, a la niña?

—Deben de estar en la Sala Mayor... Muy lejos de este punto... Imagino que el consejo querrá que El Que No Puede Ser Vencido mate a Agua y se largue lo más pronto posible. No deben de estar felices con un monstruo como él dando vueltas por la ciudad.

—Porque hace que la gente piense en el rey... —remató Matarratas.

Clavo asintió ligeramente con la cabeza y ambos volvieron a ponerse en marcha en medio de la oscuridad.

Lo que Clavo llamó la Sala Mayor era una estancia alta y profunda, en la que antaño se habían reunido los consejeros de la corona a debatir asuntos en los que el rey no solía involucrarse, como las hambrunas, las pestes y las expediciones punitivas contra los "salvajes" del sur.

A diferencia de la Sala del Trono, cuya disposición era similar, pero que alguna vez contó con muebles, tapices e incrustaciones de madera de calidad muy superior, la Sala Mayor era sobria, de maderas escuetas y sitiales sin adorno alguno. Tampoco tenía un trono elevado al fondo, solamente un estandarte con manchas, empapado de sangre en alguna batalla de la Revolución Gloriosa y erigido a última hora allí.

Los consejeros se encontraban en sus sillas, con rostros de piedra. Pero no todos, descubrieron con algún sobresalto. Palma estaba al centro de la sala, con las manos anudadas. A su lado, preso también, se encontraba Ancla. Y en medio de ambos, Agua, con su aire soñoliento y abatido. La desolación del monje también era evidente. Matarratas sintió un alfilerazo de pena en las costillas y el pecho, pero se obligó a dirigirlo a la niña. No habría comido y dormido como se debía en mucho tiempo. Y ahora estaba a merced de un grupo de ancianos viles y mezquinos...

Clavo y Matarratas dominaban la escena desde el rincón más apartado y oscuro del salón. De los muros de esa esquina habían emergido hacía unos instantes, con toda la cautela y silencio de los que fueron capaces. Matarratas caminó con las puntas de los pies y empuñó sus cuchillos, para que no chocaran entre sí. Clavo procuró acolchar sus pasos.

Estaban tan juntos que podían escuchar mutuamente sus respiraciones. Matarratas sintió que el pulso de Clavo tamborileaba de sólo rozarle el brazo. El suyo estaba igual.

Un consejero, al que ella no conocía, pero que daba la apariencia de ser muy importante, con su calva llena de arrugas en la frente y su barba gris e hirsuta, como el pelaje de un asno, daba un discurso. Y entonces vio al campeón. El Que No Puede Ser Vencido estaba allí, de pie, como un perchero inmenso y aparatoso, de hierro puro, al que le salían colgaderas afiladas de los costados. Mantenía la celada del casco abajo y no era posible ver su expresión. ¿Alguien, a lo largo del país, le conocería la cara?

—El que habla es Arce, el consejero principal —musitó Clavo—. Solía ser el administrador de mi padre...

El discurso del consejero Arce era un regaño encendido e interminable, y sus cortantes frases hacían que Palma y Ancla se estremecieran apenas las oían rebotar por ahí. No era posible, decía Arce, que un consejero, aliado por si fuera poco con un sagrado monje, mandara eliminar a un aliado como Bastión sin consultar antes con el pleno de sus colegas.

Era increíble que se pagara de las arcas del país el salario de una asesina profesional, cuando la justicia habría consistido en enviar a los soldados o a los "voluntarios amigos". Es decir, a los Águilas. Resultaba inconcebible que no hubiera presentado a la testigo, es decir, a la niña, ante el consejo, antes de enviar una expedición punitiva a la Quinta de La Primavera, como las que solía organizar la corona en los viejos días... Tratar con un Devorador no era como cazar una rata, aseveró el consejero Arce, y sus compañeros apoyaron la frase con mohines de énfasis y algún aplauso espontáneo.

—Los tesoros de Bastión deben ser para el país —estableció Arce, firme como un profesor, y un gesto de apoyo unánime recorrió las caras de sus compañeros.

Claro: tanto dinero, tantas propiedades debían repartirse entre todos ellos y no atesorarse en uno o dos pares de manos nada más.

Mucho harían al no colgar por traición a Palma y Ancla, estableció el consejero, acariciándose la barba como si aún estuviera considerándolo. Pero quizás, en este caso, bastaría con restablecer el orden deseable. Las propiedades de Bastión pasarían a ser de todos (ellos)... Y, claro, lo que los tenía reunidos allí también: había que atender la queja de El Que No Puede Ser Vencido. Su derecho a la venganza.

Una vez impartida su cátedra de justicia, que en todo momento obtuvo la cálida aprobación del resto del consejo, Arce esbozó un gesto de satisfacción por el trabajo bien hecho. Y volteó el rostro para admirar a El Que No Puede Ser Vencido, quien seguía sin moverse, allí, como un árbol o un pilar, en posición de guardia.

El consejero volvió a acariciarse la barba, sonrió y habló con voz de serpiente:

—En cuanto a ti, campeón, me parece justificado que ejerzas el derecho a la retribución. El consejo de esta ciudad no tiene nada contra ti ni tus acciones. Supiste dejar a tiempo el bando de nuestros adversarios y has mantenido, desde entonces, un comportamiento ejemplar, sin involucrarte en las batallas de nuestros enemigos... Así que procede, por favor. Haz la justicia que has venido a solicitar ante este honorable consejo. Puedes matar a la niña.

IX

El corazón de Matarratas se puso frío, pero su respiración no se agitó. Apretó el antebrazo de Clavo para evitar que saltara antes de tiempo del escondite en la sombra (el maldito era un precipitado y esta vez no podía permitírselo) y se llevó el dedo a los labios para indicarle que se callara.

Agua no gimoteaba. Apenas tembló cuando el único guardia de la sala, que custodiaba el sitial del consejero en jefe Arce, avanzó hacia ella y la empujó para aproximarla al centro del círculo de sillas. Cuando logró llevarla allí, desenvainó su corta espada y la dejó caer a los pies de la chica con un gesto artero, con la media sonrisa de quien sabe que propicia un crimen y se regodea con ello.

La muchacha no hizo caso del acero, o al menos no de inmediato. Su mirada estaba perdida en alguna parte del mosaico decorado con cuadros blancos y negros. Cerró los ojos un momento y luego tomó una respiración profunda, como si se preparara para declamar un poema en la taberna. Sólo que no. Aquello era la sala del poder de la ciudad y Agua estaba en mitad de ella: una ternera a punto de ser ofrecida a los dioses.

El Que No Puede Ser Vencido salió de la condición de estatua armada que había adoptado con cierta parsimonia y, en unas cuantas zancadas, se colocó a cinco pasos del punto en el que Agua, apenas, recogía la espada y la empuñaba lánguidamente. La niña sabía que daba lo mismo, su suerte se había terminado. Sin embargo, algo en su gesto parecía expresar conformidad.

Después de todo, había sido ella y nadie más quien le había ajustado las cuentas al amo Bastión. Ella sola, sin apenas experiencia, atravesó con el cuchillo la carne del Devorador. Ella, otra vez sola, enfrentaría a un monstruo no menos espantoso que aquel abatido por su mano en la Quinta de La Primavera. Su madre la recibiría en los prados de los dioses, porque había vuelto a ser digna. Volvería a ver a su hermana.

Tan estáticos como gárgolas, los consejeros intercambiaban susurros y miradas. Algunos se inquietaron en sus sillas, quizá porque guardaban aún el último resto de dignidad y entendían que dejar que mataran a una chiquilla, sólo por quitarse de encima un problema como tener en la ciudad a El Que No Puede Ser Vencido, era una ignominia. O quizás, y esto era más probable, porque un oscuro entusiasmo por esa clase de espectáculos les bullía en el alma.

El campeón hizo una mínima inclinación de cabeza como saludo a su rival de quince años. Ella no respondió. Sus ojos estaban fijos en la opacidad de su propia hoja, mal afilada y tosca: nada que ver con el espadón deslumbrante del que echaba mano el oponente.

El guardia apartó de un empellón a Ancla, quien se había acercado demasiado al círculo imaginario que debía despejarse para el combate. El monje, sudoroso, se apartó de mala gana, y el consejero Palma se apresuró a imitarlo. Aquellos tipos tan seguros de sí mismos eran ahora dos espantapájaros a merced de sus viejos colegas. Pero, de momento, ellos no interesaban.

Los ancianos esperaban que el gigantón armado despachara a la niña con uno o dos golpes y, cumplimentada su venganza, se marchara de la Ciudad del Lago, tal y como se había acordado.

Entonces podrían enjuiciar velozmente a los ambiciosos y decidir si es que los removerían de sus cargos, los mandarían colgar en la plaza o solamente los enviarían a sus hogares, con una amonestación, por intentar retener para sí unos bienes de los que deberían haberse apropiado otros más... Era el precio de haber actuado por su cuenta.

El Que No Puede Ser Vencido sería un guerrero todo lo temible que se quisiera, pero antes que nada, y desde su origen, era un vasallo. Apareció de la nada (decían que era sureño, pero su enorme estatura y su piel biliosa no parecían abonar a esa teoría) en un torneo convocado por el rey para encontrar a un campeón que lo protegiera de todo ataque y, una vez que acabó con los oponentes que le pusieron enfrente, se dedicó por años a servir al monarca sin pestañear, al menos mientras estuvo en el trono. Pero el rey no lo llevó consigo a su exilio (algunos decían que no había podido seguir pagándole el oro que cobraba por sus servicios, pero nadie tenía la seguridad), y por eso terminó enredado con un amo de mucho menor categoría, como Bastión.

Y ahora, en vez de atacar a la pequeña muchacha que esperaba su embestida con los ojos abiertos y la espada flacamente sostenida con ambas manos, El Que No Puede Ser Vencido aguardaba una señal. No tenía amo ahora, pues el original se había marchado y el segundo estaba muerto. Pero necesitaba una orden.

Sólo Arce, el consejero en jefe, lo entendió y, sin mayor

ceremonia, hizo un gesto en el aire, girando caprichosamente la mano en alto, para marcar el inicio del combate. Un gesto lleno de elegancia que delataba que el consejero, al igual que sus colegas, había sido un monárquico de toda la vida antes de darse cuenta de que podría irle mejor si se reimaginaba como rebelde.

El Que No Puede Ser Vencido hizo girar lentamente por encima de su cabeza el espadón. Es probable que fuera un tipo no del todo vil y quisiera calcular en dónde podría conectar a la jovencita para matarla de un golpe, con el menor sufrimiento posible. Aunque también podría ser que deseara hacerlo solamente para impresionar aún más a los ya muy asombrados consejeros. ¿Quién más que ese puñado de hombres barbudos y malencarados que dirigían la ciudad más grande de las tierras conocidas podrían pagarle el oro al que se había acostumbrado? ¿En dónde más buscaría un amo nuevo aquel que había perdido al más importante posible, a Cedro, al rey?

Allá en las sombras, Clavo sintió que las uñas de Matarratas volvían a clavarse en su brazo y supo que era la señal para ponerse en acción. Ambos saltaron de su rincón y corrieron hacia donde el campeón y la muchacha se estudiaban, justo un momento antes de que se desataran los golpes.

Matarratas disparó una saeta desde su ballesta de mano y consiguió clavarla en la garganta del único guardia presente, que se precipitó al suelo con las manos aferradas al trozo de madera. Los consejeros, alarmados, se pusieron en pie, y un par de los menos cobardes o carcamanes echaron la mano al cinto y desenvainaron sus armas. Pero los agresores no estaban interesados, por lo pronto, en exterminar a los detentadores del poder en la Ciudad del Lago.

La asesina patinó sobre sus botas y logró interponerse entre la pálida y titubeante Agua y El Que No Puede Ser Vencido. Aunque no tenía sus estoques consigo, la hoja y la ballesta tomadas de la armería del palacio le daban al menos una cierta posibilidad de estorbarle al guerrero en su intento de acabar con la muchacha.

—Quítate —dijo él, con su voz torpe—. Tengo derecho a esto.

Esto podría ser bueno para mi carrera, pensó Matarratas, y le disparó a quemarropa con la pequeña ballesta de mano. La flecha voló en línea recta y se estrelló en el centro del peto del guerrero, haciéndolo retroceder. Pero el metal de su armadura era de calidad óptima. Ése había sido el premio por vencer en el torneo que le dio su primera y más duradera fama: la mejor armadura que los herreros de Lago pudieron forjar. Hecha a su medida con el más puro acero de las fundiciones reales. La flecha cayó al suelo con la punta mellada.

Arce, el consejero en jefe, torció el gesto. Su mente funcionaba un par de pasos más veloz que las de sus compañeros. ¿No era ésa la asesina que había sido detenida por obedecer al subversivo de Palma y su socio, el monje? ¿Por qué estaba allí, intentando enfrentarse a un tipo al que, según todas las pruebas, nadie era capaz de matar?

Algo similar pensaba Ancla, quien, inadvertidamente, había conseguido ubicarse junto al cuerpo muerto del guardia. Una de las ventajas de aquellos días revolucionarios era que, en vez de los pesados protocolos de los viejos días, que implicaban una corte y custodios numerosos y omnipresentes, el consejo solía operar en austeridad.

Los guardias cuidaban las puertas principales y cumplían misiones concretas (como arrestar subversivos) y nada más.

Sólo la presencia de dos prisioneros, como Palma y él, había justificado que uno de ellos se encontrara en plena junta del consejo.

Estos tipos se creen intocables, pensó Ancla, y se agachó para recoger el arma del muerto. Nadie lo miró cuando se afanó para cortar la cuerda que lo maniataba.

—Quítate —volvió a decirle a Matarratas El Que No Puede Ser Vencido, con su vozarrón inepto.

Pero ella no obedeció, desde luego. Aunque no le había dado una sola lección ni le había procurado aún ninguna de las cosas que un maestro debe concederle a sus aprendices, se tomaba en serio su papel como tutora de Agua. Las costumbres existían por algo, pensaba. Si un maestro la había sacado de las calles, ¿por qué no haría ella otro tanto por su pupila?

Apenas pudo ver que un cuchillo volaba hacia su cara y sus instintos la hicieron saltar a un lado, como un conejo aterrado. Había sido un regalo de Ancla, quien cortó su atadura y se hizo con las armas del guardia caído.

De alguna manera, el monje tenía que intentar una solución al problema que la ambición de Palma (y la suya propia) habían creado. Y como acabar con El Que No Puede Ser Vencido estaba más allá de sus posibilidades, decidió que Matarratas debía morir. Así, la niña aquella podría ser eliminada sin obstáculos, el campeón se iría de la ciudad y Ancla, quizá, podría alcanzar el perdón de Arce y el resto de los consejeros por facilitar el proceso. Lo que pudiera venir para Palma le daba lo mismo.

Sólo que varias cosas sucedieron a la vez. Para horror de los consejeros, El Que No Puede Ser Vencido vio a Clavo venir hacia él y, orillado por su mente servil, se arrodilló, desmañado y reverente. Ellos no sabían, desde luego, que el código del guardaespaldas le prohibía desobedecer al hijo de su antiguo amo. Porque, después de todo, ¿quién, sino el rey, sería capaz de comprender a ese grandulón, insuperable e implacable tonto?

Las espadas de Ancla y Matarratas chocaron de mal modo, con los dos en posturas muy incómodas, y casi solamente por el gusto de tocarse. Una chispa saltó por los aires y se apagó. La asesina no necesitaba mayores explicaciones para saber que ahora sobraba en las cuentas de su antiguo amante y amigo y que el monje iba sobre ella para salvar su propio pellejo. Y Ancla, quien por tantos años dudó si había actuado correctamente al elegir su carrera en la orden antes que a ella, venía a decidir en ese momento que sí, que su trabajo en la orden era todo lo que le interesaba, y si tenía que cortar en dos a Matarratas para demostrárselo, bien podía hacerlo.

Ambos eran peleadores eficaces y, a la vez, no querían desequilibrarse con un golpe mal dado, que los dejara en desventaja. Así, con golpes defensivos, se hostilizaron, mientras buscaban, con embates y bloqueos, un punto débil en la esgrima del otro.

Los consejeros habían vuelto a sus sillas, hipnotizados por el espectáculo. Sólo Palma permanecía de pie, aún atado, observando la escena con la boca curiosamente abierta. Quizá los viejos aquellos se daban cuenta de que, sucediera lo que fuera a suceder, seguirían mandando en la ciudad. Y que serían los únicos beneficiados, porque en el fondo, aquellas peleas eran para ganárselos. O quizá lo que deseaban era solamente decir luego, a quien pudieran: *Yo estuve allí, yo vi cuando la asesina, el sirviente, el monje y el campeón pelearon en una sala del palacio. Yo puedo decirte cómo fue.*

Clavo, por su lado, se vio ante El Que No Puede Ser Vencido como un niño ante una colina. Incluso con una rodilla en tierra y la otra doblada, en la postura en que eran ordenados caballeros los antiguos guardias del palacio, el tipo era de su estatura. Se apoyaba en la espada y levantaba el yelmo, como si esperara del hijo de su antiguo amo una bendición.

Y Clavo decidió que se la daría. Se acercó a la enorme armadura y acercó la cabeza a la celada expectante, de la que se escuchaba salir un resoplido.

—Nunca debiste tocar a mi hermana —le susurró al oído, porque era quizá la única persona al sur de la cordillera y El Alto en saber por qué el rey había decidido prescindir de su campeón, de su guardaespaldas y del perro fiel que lo había custodiado por años—. Pero no eres nadie. Pensaste que la rebelión la echaría a tus manos, porque eres un cerdo. Pero luego no te atreviste a pasar por traidor, ¿no? Y cuando te echaron, escapaste. Y te escondiste hasta que todo pasó y entonces le pediste trabajo a Bastión. ¿Qué ibas a hacer, basura? ¿Llevarle presas? ¿Cazar niñas por los campos para que el Devorador las disfrutara?

—No. Eso no. Yo iba a cuidarlo. Yo no…

La voz del gigante ya era puro balbuceo.

El Que No Puede Ser Vencido bajó la cabeza y se hundió. Su rodilla vaciló y se le encorvó la espalda como si una roca insoportable se hubiera aposentado en ella. Y entonces soltó el espadón, que cayó por el suelo con el estrépito incontenible del metal, y se quitó el yelmo. No, no era un monstruo. Era un hombre cualquiera, con la piel pálida de aquel a quien el sol no suele tocar, los ojos hundidos y la boca temblona. Y por esa boca abierta, y antes de que consiguiera esbozar una queja o una súplica, metió Clavo la espada.

Y así venció a El Que No Puede Ser Vencido, y el hombre y el apodo murieron para siempre, en la realidad y las historias.

El silencio entre los consejeros fue absoluto. No habían escuchado en realidad las palabras que aquel que pensaban un mero sirviente había cruzado con el campeón, pero lo vieron rendirse y morir, y estaban impresionados. ¿De dónde había sacado Bastión a aquel tipo flaco y resuelto, aquel cuidaperros que mataba a una leyenda sin que ella interpusiera por lo menos la espada?

Incluso Ancla y Matarratas, allá en el extremo de la sala a donde su combate los había llevado, dejaron de pelear. Con las espadas bajas, voltearon hacia el caído. No se miraron entre ellos, y se separaron como si su duelo careciera ya de importancia. Ancla, decidido, fue y liberó a Palma de la cuerda con la que el consejero estaba maniatado. Matarratas, por su parte, caminó junto a Clavo, quien, espada en mano, miraba el cuerpo de la víctima con algún desprecio. Le escupió y su saliva escurrió por el pecho de la armadura, allí donde la saeta de la asesina había dejado una abolladura.

El espectáculo había terminado ya. Arce, el consejero en jefe, caminó a la puerta sin darle una mirada a los presentes. Y, desde el umbral, llamó a grandes voces a la guardia de palacio, los soldados y los Águilas, y ellos pasaron la voz y acudieron en tropel. La historia que podría contar sería grandiosa, pero Arce quería tomar sus decisiones (y vaya que las tomaría) sin que nadie le pusiera una hoja en el cuello para forzarlo.

Cuando volvió a caminar a su sitio, la escena había cambiado. Consejeros y contendientes rodeaban a alguien que no era el guardia muerto ni el vencido campeón. Arce alcanzó a toda prisa al apretado grupo y se abrió paso a codazos entre sus colegas. Y tuvo que acariciarse su barba hirsuta una vez más.

Matarratas, sentada en el suelo, sostenía en su regazo el cuerpo sin vida de Agua. La muchacha parecía dormida, con los ojos cerrados y una expresión serena en los labios. Clavo le sostenía la cabeza.

El cuchillo lanzado por Ancla le había partido el pecho a la niña.

La taberna estaba vacía, tal y como debía estar siempre en la alta madrugada. Algunas lámparas de aceite ardían aún, en la barra y al fondo del local, pero la mayoría se había apagado. El posadero bostezó, sentado en su cajón de madera, junto al barril de la cerveza, mientras esperaba que la última clienta resolviera marcharse a casa. Pero en el fondo sabía que, en noches como aquélla, eso podía no llegar a suceder.

El penúltimo de los clientes se había largado quizás una hora antes, y, aunque la luna seguía en el cielo, el posadero sospechaba que apenas conseguiría dormir un par de horas antes de que los parroquianos de la mañana aparecieran por allí, en busca de su comida y sus tintos calientes.

Matarratas mantenía cinco o seis vasos desocupados ante sí. También un par de botellas. Había pasado de la cerveza al vino rojo y luego vuelto a la cerveza. Pero bebió todo tan lentamente que ni siquiera se sentía ebria. Sólo estaba cansada, entumida, con una pesadez que trataba de espantar jugueteando con uno de sus estoques, al que hacía girar sobre la punta en la madera del piso. A veces, la delgada hoja rodaba por los suelos pero, en general, la veloz mano de la asesina la recapturaba. Y la ponía a girar otra vez.

Los consejeros habían sido prácticos para resolver el lío (o intentarlo, al menos). Presentaron a El Que No Puede Ser Vencido como el culpable de todo: la muerte del amo Bastión y sus invitados y el asesinato de la pequeña sirvienta llamada Agua. Después de todo, aquel tipo había sido un maldito monárquico, un enemigo del pueblo de la Ciudad del Lago, un esbirro del rey...

Palma no fue condenado, pero se le retiró el asiento del consejo y se le designó inspector de ganado y aves en los mercados, para darle tiempo a que reflexionara a fondo sobre la inconveniencia de estafar a unos tramposos con más poder que él.

Ancla tampoco fue enviado a prisión ni ejecutado. Sólo se le hizo saber a su orden que ya no era bien visto como enviado ante el palacio, así que lo remitieron al occidente, a las yermas tierras de los monjes, para que mantuviera sus maquinaciones lejos de la Ciudad del Lago, al menos por un tiempo.

Matarratas no volvió a ver a su antiguo amante luego de escuchar las decisiones que iba enunciando Arce, el consejero jefe. Un par de guardias escoltaron a los acusados fuera de la sala, porque aún tenían que ser despojados oficialmente de los tesoros que se habían apresurado a saquear de casa de Bastión.

A la chica le molestaba pensar en el monje, porque eso significaba recordar también a Agua, muerta estúpidamente por culpa de un cuchillo lanzado, en realidad, hacia Matarratas. Hubiera querido ser un poco más dramática y enloquecida, como el ridículo de El Que No Puede Ser Vencido, y sentenciar a Ancla a muerte por haber despachado a su pupila. Pero se daba cuenta de que el monje no había querido hacerlo, sino que intentó, a su manera, algo más noble, que era matarla a ella. ¿Qué venganza podría tomar y a cuenta de qué? Agua había obtenido la suya y aquello no le había servido más que para morir. Quizás ahora sería feliz, en la morada de sus mayores, junto a su hermana. Matarratas no creía en los dioses, pero le gustaba aquella fantasía familiar. Ojalá algunas cosas fueran ciertas.

Decidió que estaba harta de la cerveza y pidió una nueva botella de vino. El que le servían en la taberna era bastante decente, como todo lo que traían los comerciantes del sur, y por eso resultaba su preferida y se refugiaba allí cuando la melancolía la aplastaba. El tabernero, casi sonámbulo, depositó el pedido y volvió a retirarse a su atalaya en el cajón. *Que la mujer beba más*, pensó, *ésa será la única forma de que se vaya, cuando ya no pueda más. Lo malo es que sorbe muy lento...*

La campañilla que colgaba en la puerta resonó y el tabernero supo que había llegado un nuevo cliente al establecimiento. *Maldita sea la hora*, pensó. ¿Y qué hora sería? Al menos la tercera de la mañana, quiso deducir, pero cómo saberlo. Su pequeño reloj de arena se había roto un tiempo atrás y él no había tenido tiempo o ganas de buscarse uno nuevo.

Clavo ya no parecía un sirviente. Con el dinero de la recompensa que el consejo le dio por atrapar y eliminar a un monárquico tan temible como El Que No Puede Ser Vencido, se compró ropa decente, sin boquetes ni remiendos. Incluso había conseguido alquilarse una vivienda. Ajenos a su identidad (y, desde luego, a cualquier barrunto de su filiación, por la que habrían debido colgarlo del palo más alto de la plaza central en la Ciudad del Lago), y convencidos de que se trataba de nadie más que del cuidador de los sabuesos del amo Bastión, los consejeros habían pagado generosamente por quitarles un problema mayor de las manos.

Incluso trataron de ganarse a Clavo para la causa, dejándole entrever que, ya que Palma no estaba y Ancla había sido despachado a las tierras del oeste, un puesto de asesor del consejero, como encargado de las milicias locales, estaba al alcance de su mano. ¿Y quién mejor para ejercerlo que el héroe destructor del mito de invencibilidad del guerrero más famoso de las tierras conocidas?

Menos entusiasmo que los ancianos gobernantes demostró Matarratas cuando Clavo se sentó a su mesa, en la silla frente a la que ocupaba la asesina. Ambos permanecieron en silencio, sin mirarse, hasta que el muchacho llamó al tabernero y le pidió su propia botella de vino. Un poco fastidiado, el hombre lo atendió aprisa antes de replegarse a su lugar. La llegada del cliente había dado al traste con sus planes. ¿Quién le decía que aquel par no se amanecería bebiendo? Lo que ganaría por servirles no valdría el desvelo ni el cansancio del otro día, se dijo. Pero él nunca discutía con gente armada. Y por eso seguía vivo, pensó.

—Te dejaron ir —comentó al aire Matarratas, dándole un sorbo a su vaso con gesto escéptico.

Parecía como si no aprobara tal resultado.

Clavo sonrió con sarcasmo.

—Premiado y todo.

—Te vas a poner la caperuza de los Águilas, entonces —se burló ella—. Necesitan quien los mueva, siempre. No saben hacer nada.

Clavo ni siquiera se molestó en negarlo. Era evidente que su capa no era de miliciano y que no había aceptado ninguna clase de puesto como servidor del consejo. La asesina, claro, lo había notado apenas verlo asomar a la taberna. Lo decía sólo por molestar.

—¿Cobraste lo tuyo? —preguntó Clavo a la chica, con un tono curiosamente precavido.

Matarratas se encogió de hombros.

—Sí, claro. Me pagaron lo prometido y nadie pidió devolver lo de los caballos y los fierros aquellos que vendí.

—Tu cuenta en el templo debe de ser inmensa —imaginó Clavo, con algo que lo mismo podía ser envidia que admiración, si es que valiera la pena diferenciar una de otra a esas alturas.

—Está bien y ya —cortó ella.

Una de las normas aprendidas de su maestro era no hablar jamás de dinero con alguien que no fuera a pedírtelo o a pagártelo. Para qué. El oro era asunto suyo y de nadie más.

—Estoy pensando dedicarme al negocio —confesó Clavo, en voz baja, como si le estuviera revelando un secreto a la sicaria o, más bien, en el fondo, solicitándole su permiso y venia.

Matarratas volvió a llenar su vaso de vino y, como si las palabras de Clavo no le importaran más que el aire helado que soplaba por la ventana y ponía a temblar la luz de las lámparas de aceite, pegó un buen sorbo. Se limpió las comisuras con una pequeña servilleta de una tela que debió ser blanca alguna vez.

—Salió muy mal el trabajo —reflexionó ella, con la mirada fija en Clavo, que no pudo dejar de percibir el gesto a medias desolado de la asesina—. Hiciste mal todo. Atacaste como un loco en la quinta y de milagro salimos ilesos. Y si no fueras hijo del que eres, El Que No Puede Ser Vencido nos hubiera hecho polvo, empezando por ti. No puedes trabajar en esto. Tienes habilidades, pero todo mundo tiene habilidades. Hasta un perro sabe morder.

Sonaba a regaño. Y lo era. Pero Clavo iba preparado para escucharlo, desde luego. Había pasado unos días dando vueltas, día y noche, por la ciudad, dedicado a pensar cuál iba a ser su siguiente paso. Demasiado tiempo perdió oculto entre la servidumbre del amo Bastión, cuidando de unos sabuesos que ahora eran de otro, en la casa de campo de algún consejero. Había pasado buena parte de su vida adulta, desde que dejó el hogar paterno, perdido por ahí, sin intentar nada consistente ni útil más allá de ganarse el sustento. Ahora quería otra cosa.

—No, no sirvo. Pero puedes enseñarme. No tienes aprendiz. La perdimos por el camino. Quiero que me enseñes el negocio. Me viste matar. Tengo el derecho de pedirlo.

Había encontrado firmeza en su voz, al fin. Lo supo porque se escuchó hablar como si fuera otro, y no él, que solía recurrir a un chiste o reclamo en cada ocasión. Sonaba convencido, cosa que estaba muy bien, porque sus noches y días de dar vueltas por la Ciudad del Lago sólo le habían dejado algo en claro: eso.

Matarratas bebió más vino sin mirar a su compañero de mesa. Su técnica era notable: daba sorbos diminutos y no demasiado frecuentes al vaso. No se dejaba enredar por el alcohol y sus promesas. Mantenía la cabeza en su sitio. *Eres una persona fría,* se dijo. *Eres igual que los caballos y los sabuesos y los halcones. Sirves y matas porque eso te enseñaron a hacer. Y eso podrías enseñarle a alguien. Pero ¿a este tipo? ¿Quién carajos es este tipo?*

—No trabajo con monárquicos. Ni siquiera bebo con ellos. Ni con los idiotas de la Revolución Gloriosa. No puedo entrenarte porque no sé quién eres.

Clavo, al oírla renegar, perdió algo de la templanza ganada. No toda. Aún tenía argumentos. Y su convicción no era cualquier cosa. Era un tipo terco, incluso demasiado. En parte, por eso estaba allí y no en El Alto, con sus padres y hermanos y el resto de la corte que alguna vez lo reverenció.

—No soy monárquico. No soy de ellos. Ya no hablamos, te lo dije. Y no me quieren allí ni yo quiero estar en El Alto. Pasaron cosas.

—Son muchos "no". Pero tampoco explican gran cosa —le recriminó ella.

Matarratas sentía alguna confusión. El muchacho era listo, sí. Y ella lo había salvado, desde luego, pero él no peleó mal. Aunque, a la vez, su precipitación los puso en un escenario absurdamente complicado. Por otro lado, era un tipo leal, a su modo retorcido. La sacó de la celda en las alturas, la paseó por los corredores ocultos del palacio, y así fue como salvaron el cuello.

—No creo que quieras oír la historia de mi vida —se burló Clavo, algo resentido porque sabía que era verdad.

Ella aceptó con un gesto vago. No, en general le daban lo mismo las vidas de los otros. Demasiado tenía con la suya y sus propios recuerdos, la muerte de sus padres, el ataque a su aldea, su largo viaje a través de las tierras conocidas hasta llegar a esa ciudad enorme, enredada, sucia y traicionera, en la que te pagaban por matar a otros sin mancharse los dedos.

Clavo sería, calculó, más o menos de su edad. Demasiado mayor para ser un pupilo común, uno de esos que uno mandaría a barrer la casa o comprar la merienda. A la vez, quedaba claro que podía hacer cosas que un niño de la calle, como ella misma fue, sería incapaz de conseguir si nadie se las enseñaba. El principito montaba, tiraba con ballesta y seguramente con arco, sabía usar la espada y el cuchillo. Y además tenía razón. Con un solo muerto a cuestas podía reclamar un sitio como aprendiz. Y él llevaba más.

Pero Matarratas no iba a darse por vencida tan fácilmente. Si él era terco, ella podía serlo aún más. No le gustaba la idea de tener a un noblecito rondándola, si ni siquiera sabía qué rayos pintaba en Lago y por qué motivos se encontraba allí. Así que suspiró e hizo las preguntas inevitables.

—¿Por qué trabajabas para Bastión? ¿Y por qué no estás con los tuyos en el exilio? No respondas, si no quieres, pero yo no bebo ni trabajo con gente que no conozco.

Clavo pareció rendirse. Bebió un sorbo de vino y luego se lamió los labios, como si fuera a manifestar elocuencia luego de mojarlos.

Allá va, pensó Matarratas, *otra maldita buena historia más que me traen.*

—Fui expulsado de la familia. Y me maldijeron.

—¿Por la rebelión? —atajó Matarratas.

—No. Antes de todo eso. De verdad es una historia muy larga. Pero el final es el mismo: no soy uno de ellos. Me busco la vida solo.

Matarratas estaba al borde mismo de la indignación.

—Algo le dijiste a El Que No Puede Ser Vencido antes de matarlo. Algo sabes y no me lo dices. Tampoco trato con misteriosos.

Clavo se pasó la mano por la cara. ¿Cómo iba a trabajar para ella si no era capaz de soportar ni siquiera unos pocos minutos de preguntas? ¿Así pasarían las semanas y los años, siendo cuestionado?

—Yo sabía por qué el rey lo echó de su lado. Y eso lo venció, al final. Si no era un héroe, ya no era nada.

La asesina hizo un gesto de desdén.

—Hablas en acertijos.

El muchacho apretó los puños. Ya estaba harto.

—Te lo contaré todo. ¿Vale suficiente para ti?

Matarratas lo miró, indecisa. No solía molestarse tanto en deshacerse de alguien. Por alguna razón, disfrutaba pinchándole el ánimo al principito. *Espero que sea nada más que eso,* pensó, *porque es más feo que Ancla. Ancla es un hombre bello y este es sólo un hombre. Está flaco, tiene la sonrisa torcida y es más blanco que los leprosos a los que echan de la ciudad a morirse al llano.*

—Hagamos una cosa —propuso—. Haz un brindis contra ellos. Contra todos. Contra el rey y la reina y los príncipes y los consejeros, y los lagunos y esta ciudad de mierda en la que vivimos...

Supo que estaba exaltada. El alcohol, al fin, había hecho su efecto. Incluso se había sonrojado un poco.

Clavo aceptó agitando la cabeza. Casi se diría que con deleite.

Y maldijo a sus padres y hermanos, maldijo al norte y al centro y al occidente en donde se crio. Maldijo a los exiliados y a los gobernantes del día. Maldijo a los que lo rodeaban. Quizás era necesario, pensó, odiarlos a todos, aunque fuera un poco, si el negocio se trataba de matarlos. O al menos cuando alguien pagara por hacerlo.

Y luego de renegar de la humanidad entera, levantó el vaso de vino. Matarratas tocó el borde con el suyo para brindar y Clavo se dio cuenta de que la chica le había sonreído.

—Que se ahoguen —dijo la asesina.

Y se empinó el vaso hasta el fondo.

Nota del autor

En cierta manera, he intentado escribir esta novela toda la vida. No sé por qué tardé tanto en hacerlo. O sí sé: porque escribí otras, que he disfrutado un montón, y no se parecen en nada a ésta.

Uno es incapaz de saber si lo que escribe tiene más valor que el del papel en que está impreso, pero confío en que estas páginas sean leídas del modo que se escribieron: con pura y simple diversión.

Hay muchos agradecimientos que dar cuando se escribe un libro pequeño, irresponsable y lleno de sangre como éste. Los míos van para los autores que me hicieron amar las aventuras y los mundos imaginarios. La lista es larga: Lord Tennyson, Isak Dinesen, Robert Louis Stevenson, William Morris, H. Rider Haggard, Lord Dunsany, J. R. R. Tolkien, Leigh Brackett, Lloyd Alexander, William Goldman, Ursula K. LeGuin, Angela Carter, Michael Moorcock, Robert E. Howard, Manuel Mujica Láinez, Fritz Leiber, Tanith Lee, Angélica Gorodischer, Nancy Springer, Hugo Hiriart, Roger Zelazny, Richard Adams, Terry Pratchett, Mervyn Peake, Leonora Carrington, Joe Abercrombie y Jacques Sadoul.

Matarratas es un mínimo homenaje a ellos y al niño de doce años que, por allá de 1988, quería leer (o, mejor, escribir) un libro como éste.

Esta obra se imprimió y encuadernó
en el mes de agosto de 2021, en los talleres
de Impregráfica Digital, S.A. de C.V.
Av. Coyoacán 100-D, Col. Del Valle Norte,
C.P. 03103, Benito Juárez, Ciudad de México.

La cordillera
Tierras del Oeste
Las siete ciudades
Río Verde
El Sur
La Costa Grande

El Alto

Ciudad del Lago

Quinta de la Primavera

La Costa Chica

El mar último

Las tierras conocidas